ullstein

ERRI DE LUCA, geboren 1950 in Neapel, hat mehr als 30 Romane, Essays und Übersetzungen veröffentlicht. Er gehört zu den meistgelesenen, auflagenstärksten Autoren Italiens. Seine Bücher wurden in zahlreiche Sprachen übersetzt und zu internationalen Bestsellern. Erri De Luca wurde 2010 mit dem Petrarca-Preis ausgezeichnet und 2013 mit dem Prix Européen de Littérature.

Von Erri De Luca sind in unserem Hause bereits erschienen:
Der Tag vor dem Glück • Das Gewicht des Schmetterlings • Montedidio
Fische schließen nie die Augen • Mein Wort dagegen • Den Himmel finden
Das Licht der frühen Jahre • Das Meer der Erinnerung

ERRI DE LUCA

DER HIMMEL IM SÜDEN

Roman

Aus dem Italienischen
von Annette Kopetzki

Ullstein

Besuchen Sie uns im Internet:
www.ullstein.de

Wir verpflichten uns zu Nachhaltigkeit
• Klimaneutrales Produkt
• Papiere aus nachhaltiger Waldwirtschaft und anderen kontrollierten Quellen
• ullstein.de/nachhaltigkeit

MIX
Papier
FSC® C083411

Neuausgabe im Ullstein Taschenbuch
1. Auflage Dezember 2021

Übersetzt aus dem Italienischen: *Tre Cavalli*
Die Originalausgabe erschien 2000 bei Feltrinelli.
Die Deutsche Erstausgabe erschien 2002 im Rowohlt Verlag.
Orthografie und Interpunktion wurden behutsam modernisiert.

Umschlaggestaltung: Büro Jorge Schmidt, München
Titelabbildung: ullstein bild / imageBROKER / © Robert Haasmann, (Landschaft); Alamy Stock Foto / © Allan Cash Picture Library (junger Mann)
Gesetzt aus der Quadraat Pro powered by pepyrus.com
Druck und Bindearbeiten: CPI books GmbH, Leck
ISBN 978-3-548-29103-1

Castigo para los que non pratican
su pureza con ferocidad.
Weh denen, die ihre Reinheit nicht
mit Unerbittlichkeit leben.
MARIO TREJO, Argentinien 1926

Vorbemerkung

Argentinien ist ein rechtwinkliges Dreieck, dessen große Kathete die Anden im Westen, dessen kleine, unregelmäßige Kathete die Flüsse im Norden und dessen zernagte Hypothenuse der Atlantische Ozean im Osten bilden.

Argentinien erstreckt sich über eine Länge von dreitausendsiebenhundert Kilometern zwischen dem einundzwanzigsten und dem dreiundfünfzigsten südlichen Breitengrad. Der tiefste Sockel Amerikas, den Argentinien sich mit Chile teilt, liegt nur zehn Breitengrade von Graham Land entfernt, dem Horn der Antarktis.

Argentinien hat bis 1939 fast sieben Millionen Einwanderer aufgenommen. Etwa die Hälfte waren Italiener.

Von 1976 bis 1982 litt Argentinien unter einer Militärdiktatur, die das Leben einer ganzen Generation ausgedörrt hat. Am Ende fehlen etwa vierzigtausend Menschen im Einwohnerregister, fast alles junge Leute, es gibt kein einziges Grab.

Die Diktatur fällt nach der gescheiterten Invasion der Falklandinseln, der Malvinas, die über dreihundert Kilometer vom Festland entfernt und etwa halb so groß sind wie Sizilien. Das geschieht im Frühjahr 1982.

Diese unfassbaren Größenordnungen und Ereignisse spielen eine Rolle bei den Unglücksfällen, die Figuren der folgenden Geschichte zugestoßen sind.

Ich lese nur gebrauchte Bücher.

Ich lehne sie gegen den Brotkorb, blättere die Seite mit einem Finger um, und sie bleibt liegen. So kaue ich und lese.

Neue Bücher sind aufdringlich, die Seiten halten nicht still, sodass man sie umblättern kann, sie leisten Widerstand, und man muss sie herunterdrücken, damit sie liegen bleiben. Gebrauchte Bücher haben nachgiebige Rippen, die Seiten werden gelesen und umgeschlagen, ohne sich wieder aufzurichten.

So setze ich mich in der Trattoria zum Mittagessen immer auf denselben Stuhl, verlange Suppe und Wein und lese.

Es sind Romane, die auf See spielen, Abenteuer im Gebirge, keine Stadtgeschichten, denn die hab ich schon in meiner Umgebung.

Ich hebe die Augen, wegen eines kurzen Sonnenreflexes im Glas der Eingangstür, wo sie zu zweit eintreten, sie umgibt der Eindruck von Wind, ihn der von Asche.

Ich kehre zur Seefahrergeschichte zurück: Es herrscht ein wenig Sturm, Stärke acht, der junge Mann isst genüsslich, während die anderen sich übergeben. Dann geht er hinaus auf die Brücke und hält sich gut fest, weil er jung ist, allein und fröhlich im Sturm.

Ich wende meinen Blick ab, um rohen Knoblauch über die Suppe zu verteilen. Ich nehme einen kleinen Schluck vom herben, holzigen Roten.

Ich blättere fügsame Seiten um, esse langsam, Löffel für Löffel, dann hebe ich den Kopf vom Weiß des Papiers und des Tischtuchs und folge der Linie der Kacheln an der Wand, die sich rund um den Raum zieht und hinter zwei schwarzen Pupillen einer Frau vorbeiläuft, die auf dieser Linie wie zwei von der untersten Notenlinie zerteilte »e« sitzen. Sie sind direkt auf mich gerichtet.

Ich hebe das Glas auf die gleiche Höhe und lasse es eine Weile erhoben, bevor ich trinke. Die Ausrichtung der Linien treibt mir den Anflug eines Lächelns in die Wangenknochen. Die Geometrie der Dinge um uns herum bewirkt Zufälle, Begegnungen.

Die Frau lächelt mich offen an.

Der Mann fängt das Zuprosten mit dem Rücken ab, beugt den Oberkörper, den Ellenbogen voran, der Wirt weicht ihm mit einer Hüftbewegung aus, als er mir einen Teller bringt. Bevor der energische Wirt seine halbe Drehung beendet hat, räuspere ich mir einen Gruß an die Frau aus der Kehle, als wäre sie eine Bekannte. Sie antwortet auf die gleiche Weise, während der Mann mich genau fixiert.

Unterdessen trinke ich, stecke die Nase wieder in den Teller, lese und schlucke abwechselnd.

Die Arbeiter verlassen die Gastwirtschaft, ich bleibe länger, ich muss nicht zur vollen Stunde wieder anfangen.

Heute will ich mit dem Beschneiden fertig werden und die abgeschnittenen Zweige aufhäufen. Morgen verbrenne ich sie.

Die Frau steht auf und kommt rasch und freimütig geradewegs auf meinen Platz zu.

Ich richte meinen Blick nach oben, schaue ihr direkt in die Nase, wo die Nasenflügel ein wenig Luft ausstoßen, die ihre Worte begleitet: »Meine Telefonnummer hat sich geändert, ruf mich unter dieser hier an«, und sie lässt mir einen Namen und eine Zahl auf dem Tischtuch. Ich lege die Hand darauf. Sie ist nur fast sauber, ich mache mich nicht fein für die Mittagspause.

Ich betrachte sie, wie sie aufrecht dasteht, erhebe mich und sage, um mit ihrer Improvisation mitzuhalten: »Ich freue mich immer, wenn ich dich sehe.« Sie legt beide Hände um meine, »Grüß zu Hause«, »Danke, ich werd's ausrichten«, der andere ist am Ausgang, sie dreht sich um, und ich setze mich wieder hin.

Welcher Teufel reitet mich bloß, danke, ich werd's ausrichten, ein lebendig Einbalsamierter wie ich: Wem denn? Ich habe niemanden.

Was will eine wunderbare Frau von einem fünfzigjährigen Gärtner, der im hintersten Winkel einer Gastwirtschaft sitzt? Wir haben uns nie zuvor gesehen, sie ist jung, und ich habe zwanzig Jahre Südamerika hinter mir. Und ich bin zufällig hier wegen einer Arbeit im Garten einer Villa ganz oben auf der Anhöhe, und mittags komme ich hier herunter, um auszuruhen und unter Leuten zu sein, und sie kommt zum ersten Mal hier vorbei.

Ich lasse mich sofort ablenken, der Wirt kommt mit einem Viertel, das wir zusammen trinken. »Du bist ein Ehrenmann«, sage ich zu ihm, »dein loser Wein ist gut, und ein Arbeiter kann sicher sein, dass er ihm während der zweiten Hälfte der Schicht nicht im Magen brennt.«

»Ich war selbst Arbeiter«, sagt er.

»Außerdem gibst du auch Fremden Suppe, und manchmal ist da sogar irgendein Afrikaner, der seine Sachen hier sitzend isst, und du lässt ihn in Ruhe.«

»Das kostet mich nichts, und meine Frau nörgelt nicht«

Ich nicke mit dem Kopf.

»Und du?«, fragt er: »Ein Mann, der liest, gefällt mir.«

»Ich leiste mir damit Gesellschaft.«

Er schaut mir ins Gesicht, eine gute Art des Fragens. »Ich bin allein, habe viele Jahre in Südamerika verbracht, und jetzt bin ich wieder hier. Ich kenne wenig Leute. Ich wohne im alten Viertel.«

Zum Zeichen, dass es nichts weiter zu sagen gibt, hebe ich das Glas. »Danke und auf dich.« Er hat mich seit einem Monat hier, früher oder später hat er Anrecht auf ein paar Informationen. Anscheinend reicht ihm das, er lächelt, berührt mein Glas mit seinem, wir trinken.

Er ist so alt wie ich und hat sich besser gehalten.

Als ich das erste Mal zu ihm hereinkomme, bitte ich um einen Schluck von seinem Wein. Er gibt mir ein Glas und einen Teller mit schwarzen Oliven dazu. »Wenn er Ihnen nicht schmeckt, zahlen Sie nicht«, sagt er.

Ich lasse ihn mir durch den Mund rollen, drücke ihn die Kehle hinunter: Er ist in Ordnung, und wir werden uns einig. Ich komme jeden Tag, und er gibt mir das, was da ist, nur den ersten Gang und von seinem Wein.

»Ich habe Salbei in einem Topf, der nach frischen Walnüssen duftet, morgen bringe ich ihn mit«, sage ich.

»Es ist ein weiter Weg vom alten Viertel.« Ja, ich stehe um fünf auf, aber das mache ich gerne. Es gibt ein kleines Stückchen Küste, das seinen Geruch herüberschickt.

Das Haus knarrt um diese Zeit, Stein, Holz, Gähnen. Beim Duft des Kaffees wird es dann still. Eine Kaffeemaschine auf dem Feuer genügt, um ein Zimmer zu füllen.

Ich entdecke den Zettel, den ich noch in der Hand halte, und stecke ihn ins Buch. Der Wirt steht auf, für mich wird es Zeit zu gehen.

Ich muss ein Loch für eine Steineiche graben, die morgen ankommt. Ich arbeite für einen, der Dokumentarfilme dreht. Ich kenne ihn seit der Zeit vor Amerika, Sohn eines Schneiders aus Kalabrien, der in den Norden ging, um Arbeiter zu werden, um die Präzision der Nadel mit dem Aufprall der Presse auf Blech zu vertauschen.

Schuster, Fuhrmänner, Schneider, Schmiede, Sattler, Tischler, Menschen mit Kunstfertigkeit und erfahrenen Händen, die genommen und verkauft, auf die paar Handgriffe ihrer Arbeit reduziert werden.

Er vertraut mir den Garten an, er will keinen Gemüsegarten und auch keine Tiere, obwohl genug Boden für alles da ist. Er ein junger Student, ich ein Arbeiter, damals waren wir

Kommunisten, ein Wort, das am Kleiderhaken des letzten Jahrhunderts hängt.

Sein Gesicht ist mir sympathisch: Unter den vielen verbitterten bewahrt es ein gutmütiges Aussehen und eine Nase so kräftig wie ein Schiffsbug. Wer eine so mächtige Scheidewand mitten im Gesicht trägt, muss ein guter Mensch sein. Mimmo heißt er.

Er spricht gerne über seinen Vater, der in den Norden ging und sich in einer Fabrik einschließen ließ, um seinen Kindern eine Zukunft zu geben.

In Kalabrien herrscht die Vergangenheit, die von den Großeltern gepflanzten Olivenbäume, das mit dem Stemmeisen behauene Haus aus Stein, grob gemauert, ohne Verputz. Am Abend bleiben die Teller nicht leer, aber Zukunft fehlt.

Viele der unsrigen hatten sich damals von zu Hause gelöst; er ist keiner von denen, er bleibt bei den Sonntagen, den Ersparnissen, den Ratschlägen, die eine Familie in der Küche zusammenhalten.

Und auch heute sehe ich ihn noch als Jungen, der schweigt oder zu Boden blickt, das Nasenbein im rechten Winkel zum Fußboden, während unter den Kameraden schmutziges Zeug geredet wird. Auch ich bin aus dem Süden, und ich mag solche, die schweigend Nein sagen. Und dieses Nein, das zeigen sie, ohne vorher lang zu überlegen.

Und zwanzig Jahre später, da ist er Regisseur. Glück, aber es gibt Glücksfälle, die umarmen den Erstbesten, den sie treffen, Glücksfälle wie Nutten, die dich sofort im Stich lassen und mit dem Nächstbesten gehen, und es gibt andere, weise Glücksfälle, die einem Menschen nachspionieren und ihn langsam prüfen.

Und die Lebenden treffen sich wieder. Er erinnert sich an die Abende in Turin, an den Wirt, der den Wein der Jungen damals anschreibt, ein paar Oliven, eine Scheibe Salami, auf meine Rechnung. Zeiten, wo man nie schlief, der Wirt schließt, wenn der Letzte aufsteht.

Die Letzten gibt es auch heute noch, solche Wirte nicht mehr.

Und er erinnert sich an mich, wenn ich abends nach der zweiten Schicht gegen elf herauskomme und wir uns sofort treffen und von der wichtigsten Aktion des Tages erzählen, ob es eine Schlägerei in der Werkstatt gegeben hat, ob sie irgendwas in der Schule oder auf der Straße angestellt haben.

Jeden Tag eine Aktion, Turin, Stadt der Fußgänger, die sich gegen alle anderen auf dem Kriegsschauplatz erhoben haben. Und keine einzige Tür wird abgeschlossen, die Infanterie der Arbeiter lässt das nicht zu, die Letzten kannst du nicht mehr von den Ersten unterscheiden, die Schönen nicht von den Hässlichen, die Jungen nicht von den Alten, die Zigeuner nicht von den Wohlerzogenen. Er lacht bei der Erinnerung: »Kommunismus damals, das sind die armen Jungen, die es schaffen, gut dazustehen.«

Das geschieht damals und nie wieder.

Es ist Glück, nicht dies hier, eine gute Arbeit zu haben, sondern ein Glück, das es früher einmal gab, das Glück, in einer Zeit zu leben, die weniger ungerecht für junge Menschen ist. Und um das Thema zu wechseln, frage ich: »Also was macht unser Mann?«, und er lacht unter der Riesennase, dem König des mageren Gesichts.

»Es ist lang her, seit ich diesen Gruß von dir zuletzt gehört habe«, sagt er, »ja, was macht unser Mann. Ich habe eine Arbeit, wo du einen Haufen Leute zusammenhalten musst, die dich beim ersten Fehler wieder nach Hause schicken.«

Was ist daran so schlimm?, frage ich, was wirst du schon für Fehler machen. Du beschreibst die Welt, du kannst dich niemals irren. Es reicht, dass du sie gernhast.

Und dann fragt er nach mir, doch ich bete ihm meine Leiden in Argentinien nicht herunter, die maßlosen Ungerechtigkeiten, die Flucht ums Überleben. Er bietet mir Arbeit, und ich nehme sie gerne an.

Bevor ich mich verabschiede, erzähle ich ihm eine Begebenheit. »Ich bin auf einer Baustelle und habe einen Hilfsarbeiter bei mir, der in meinem Alter ist, etwas unter fünfzig. Er ist Kurde, war früher Schriftsteller, er spricht Englisch. Auf Baustellen gibt es interessante Männer, Versprengte, Leute auf der Durchreise, Matrosen, die für immer gestrandet sind. Er hat eine Augenverletzung.

Wie ist das passiert? Die Antwort ist eine wegwerfende Bewegung mit der Hand hinter die Schulter. Bei uns bedeutet das Schnee von gestern, auf Kurdisch weiß ich nicht.

Beim Essen frage ich ihn, ob er Kaffee will, er sagt nein, ich gebe ihm trotzdem welchen aus meiner Thermosflasche.

Eines Tages zieht er ein Blatt Papier hervor, auf dem etwas in Englisch geschrieben steht. Die Polizei eines Volkes, dessen Namen ich nicht nennen will, nimmt ihn gefangen, schlägt ihn fortwährend. Seine Augen werden verletzt, eines heilt, das andere nicht.

Augen sind auf Englisch ›eyes‹. Ein Tippfehler auf dem Blatt verwandelt sie in ›yes‹. Wegen der Schläge hat er kaputte ›yes‹. Und der Fehler stimmt, alle seine Ja sind verdorben, selten entlockte ich ihm ein gequältes für einen angebotenen Kaffee, für eine Hilfe beim Anrühren von Kalk.

Schläge sind schädlicher für die Ja als für die Augen. Es gibt Fehler, die eine andere Wahrheit enthalten.«

Das sage ich nur noch, um die Geschichte abzuschließen.

Und um sie noch ein wenig länger auszudehnen, fragt er mich, was ich in der Tasche habe. Ein Buch, sage ich. Welches? Ein gebrauchtes, ich lese Bücher, die am Ende ihrer Dienstzeit sind. Warum? Das erzähle ich dir ein anderes Mal. Seine Hand fährt in meine Jackentasche, bewegt sich aber nicht, wägt ab.

Ich lese gebrauchte Bücher, weil die Seiten, die oft umgeblättert wurden und von vielen Fingerabdrücken speckig sind, schwerer in den Augen wiegen, weil jedes Exemplar eines Buches zu vielen Leben gehören kann und die Bücher unbewacht an öffentlichen Plätzen stehen und sich zusammen mit den Passanten fortbewegen müssten, die sie sich eine Zeit lang mitnehmen, und sie müssten so sterben wie diese, von Krankheiten aufgezehrt, infiziert, zusammen mit den Selbstmördern von einer Brücke herab ertrinken, im Winter in den Ofen gesteckt, von Kindern zerrissen, um daraus Boote zu machen, wie auch immer, überall müssten sie sterben außer an der Langeweile und am Privatbesitz, lebenslang in ein Regal verbannt.

»Ich erzähle es dir ein anderes Mal«, sage ich ihm, als ich mich verabschiede.

So kommt es, dass ich den Tag in einem Garten verbringe, mich um Bäume und Blumen kümmere und auf viele Weisen schweige, und in mir sind einige Gedanken, die vorüberziehen, ein Lied, die Pause einer Wolke, die mir die Sonne und das Gewicht vom Rücken nimmt.

Ich gehe über das Feld mit einem neuen Apfelbäumchen, das eingepflanzt werden muss.

Ich setze es an verschiedenen Stellen ab, drehe es herum, betrachte seine kaum angedeuteten Zweige, wie sie einen Platz im Raum ringsum ausprobieren.

Ein Baum braucht zwei Dinge: Nahrung unter der Erde und Schönheit draußen. Bäume sind gegenständliche Geschöpfe, aber sie werden von einem Drang nach Eleganz beherrscht. Die Schönheit, die sie notwendig brauchen, ist Wind, Luft, Vögel, Grillen, Ameisen und eine Ziellinie aus Sternen, auf die sie das Formelgeflecht ihrer Wurzeln ausrichten können.

Der Mechanismus, der in den Bäumen Saft nach oben treibt, ist Schönheit, denn in der Natur erhebt nur die Schönheit Einspruch gegen die Schwerkraft.

Ohne Schönheit will der Baum nicht. Darum bleibe ich an einer Stelle auf dem Feld stehen und frage: »Hier willst du?«

Ich erwarte keine Antwort, ein Zeichen in der Faust, in

der ich seinen Stamm halte, doch ich spreche gerne ein paar Worte mit dem Baum. Er spürt die Grenzen, die Horizonte, und sucht sich einen genauen Punkt aus, an dem er stehen will.

Ein Baum hört auf die Kometen, Planeten, deren Haufen und Schwärme. Er fühlt die Sonnenstürme und die Zikaden, die auf ihm sitzen, und beides drängt ihn gleichermaßen, wachsam zu sein. Ein Baum ist die Verbindung zwischen Nähe und vollkommener Ferne.

Wenn er aus einem Gewächshaus kommt und in einem unbekannten Boden Wurzeln schlagen soll, ist er verwirrt wie ein Junge vom Land an seinem ersten Tag in der Fabrik. Darum trage ich ihn herum, bevor ich ihm seinen Platz ausgrabe.

Zu Hause glätte ich die Seite vor dem Teller und finde den Zettel wieder. Sie heißt Laila, ein Akzent wie ein Dachziegel stößt auf den ersten Vokal. Es sind Silben eines Schlafliedes.

Der Zettel liegt da.

Ich kaue eine Scheibe Käse und lese das Buch, aber dieses weiße Stückchen lenkt mich ab, es liegt quer, sodass es die Linie der Holzmaserung des Tisches unterbricht.

Also stehe ich auf, gehe hinaus auf die Straße und suche ein Telefon. Ich lasse alles auf dem Tisch, auch den Zettel. Ich merke es in der Telefonzelle.

Für diese Zwischenfälle habe ich etwas übrig. Tagsüber ist der Körper fügsam, und er gehorcht allem, was ich ihm aufbürde, aber wenn er dann das Rechte getan hat, lässt er mich dem Wind hinterherjagen, schickt mich fröhlich in die

Irre. Ich glaube er hat recht, er ist ein braver Esel, und wenn er unter sein Dach zurückkehrt, möchte er dortbleiben.

Ich gehe die Straße hinauf und wieder hinab und bin aufs Neue bei der Nummer.

»Laila?« – »Ja?«, ich höre ihre Stimme wie eine soeben geöffnete Flasche, fröhlich und guttural.

»Ich habe hier vor der Nase eine Telefonnummer und einen Namen, die du mir hast geben wollen.«

»Ich möchte dich wiedersehen.«

»Ich bin fünfzig Jahre alt und arbeite als Gärtner.«

»In Ordnung. Wann?«

»Gärtner bin ich jeden Tag, fünfzig erst seit Kurzem.«

Da schnaubt sie, ich hoffe, es ist ein Lachen, und sagt, dass ich schnell reagiere. Sie will mich wiedersehen.

Mir scheint, dass es nicht gut ist, die Sache am Telefon lange hinzuziehen, ich sage Ja.

Hast du ein Telefon, fragt sie. Nein, und auch kein Auto, keinen Plattenspieler und keine Waschmaschine. Einen Eisschrank ja.

»Ich lade dich zum Abendessen ein«, sagt sie.

»Ich bin zu alt, um zu sehen, wie ein Kellner einer Dame die Rechnung bringt statt mir.«

»Bei mir zu Hause.« Ich sage Ja.

»Hast du einen Stift?« Natürlich nicht. »Dann behalt die Adresse im Kopf.« Sie sagt sie mir zusammen mit dem Tag.

»Du gibst mir schon wieder Zahlen und Namen. Laila, bist du ein Code?«

»Kannst du sie dir merken?« – »Wenn nicht, rufe ich wieder an.«

Dann sind wir uns einig, sagt sie.

Hör mal, Laila, möchtest du denn nicht meinen Namen wissen? Nicht sofort, antwortet sie.

Jedenfalls ist er nicht so schön wie deiner, sage ich.

»Gefällt er dir?«

Wie der Anfang von einem Lied, bei dem man sofort die Melodie lernt und erst später die Worte.

Ich lege wieder auf. Zu Hause kaue ich, lese, es liegen keine Zettel mehr quer zwischen mir und den abendlichen Gewohnheiten.

Wie ist Laila, ich versuche mir das auszudenken. Sie ist eine, die die Männer anschaut, ein General, der auf einem Exerzierplatz unter tausend Gesichtern diejenigen bemerkt, die aus den Reihen herausgeholt werden müssen.

Auf der Straße schaut man ihr nach, aber sie guckt zuerst.

Ich stelle mir etwas vor. Laila wiegt dich auf der Waage ihrer schnellen Augen und findet dich dürftig.

Was habe ich, dass ich angeschaut werde? Ein Gesicht wie Packpapier, weil ich an der Luft arbeite.

Vielleicht gefällt ihr jemand, der in einem Wirtshaus, statt aus Brotkrümeln Kugeln zu rollen, Seiten umblättert.

Sie ist groß, trägt keinen Klimperkram an den Fingern, um den Hals.

Ihre Stimme klingt düster und hauchend. Sie hat geschickte Hände.

Hohe Wangenknochen, die ein Lächeln auslösen können, ja, eine gute Geometrie im Gesicht, ein voller Mund, beißt kräftig zu, es muss schön sein zuzusehen, wie sie isst.

Sanfte Schläfen, vom Schwung der Haare betont, starke Nasenflügel, um damit Luft einzusaugen.

Ich möchte ihr einen Topf mit meinem Salbei bringen, dann kann ich ihr erzählen, woher er kommt.

Junge Menschen hören gerne Geschichten. Laila dürfte kaum dreißig sein.

Ich denke an die Dinge, die ich ihr nicht erzähle, viel Leben, das ausgelassen werden muss.

Ich erzähle ihr vom Salbei der Insel Pag, einem Weideland für Ziegen, aus deren Milch man den am besten riechenden Käse im ganzen Mittelmeer gewinnt.

Ich erzähle ihr vom Weihnachtsgebäck, von einer Großmutter, die nachts tausend Kügelchen aus Teig rollt, um sie in Fett auszubacken und in Honig zu wenden.

Von der Arbeit in den Salinen, von der roten Alge des Klärbeckens, die das Salz zu Kristallen reifen lässt und jeden blendet, der es ansieht. Der Arbeiter in den Salinen schaut nicht tiefer als bis zur Linie des Horizonts, er fixiert den Himmel, der sogar mittags weniger glüht als der Boden.

Und bei Sonnenuntergang ist das Rot überall, und es geht dir durch und durch, und auch der Schatten ist eine Schleppe aus Rost.

Und dann ist es genug, man darf nicht prunken mit Geschichten.

Der Morgen bricht an über dem Zug, der mich in die Stadt bringt. Das Dunkel gibt an einer Stelle nach und wird blass. Wenig Licht zum Lesen, der Waggon ist alt, er knarrt, rüttelt.

Ich betrachte die Äcker, denke an den Garten. Bäume wachsen zu lassen schenkt Befriedigung.

Ein Baum ähnelt eher einem ganzen Volk als einem Menschen. Er lässt sich unter Mühen nieder und schlägt Wurzeln im Verborgenen. Hält er durch, ist das der Beginn vieler Generationen von Blättern.

Dann nimmt die Erde ringsum ihn gastfreundlich auf und treibt ihn in die Höhe.

Die Erde sehnt sich nach Höhe, nach Himmel. Sie drängt die Kontinente zum Zusammenstoß, damit sich Gebirgskämme erheben.

Sie reibt sich an den Wurzeln, um sich mit dem Holz in die Luft hinein auszudehnen.

Und wenn sie Wüstenerde ist, wird sie zu Staub, um aufzusteigen. Der Staub ist ein Schleier, er wandert, weht übers Meer hinweg. Der Schirokko nimmt ihn mit aus Afrika, er stiehlt Gewürze von den Märkten und würzt damit den Regen.

Was für ein seltsamer Baumeister ist die Welt.

Und dies sind die schaukelnden Gedanken eines Eisenbahnpassagiers. Mit meinen Berechnungen als Gärtner, meinen beschnittenen Ästen, Aussaaten, Vorhersagen von Blüte und Frucht wirke ich wie das Ei, das die Henne belehren will. Lass ein paar kleine Hagelkörner kommen, ein wenig glasigen Frost, und schon hast du die Bescherung, Herr über die Gärten.

Ich halte es so: Die Arbeit ist nichts, nur verdientes Geld. Was dagegen zählt, ist, den Kopf den eigenen Füßen zuzuwenden, die Augen nach unten, und auf den Boden zu achten. Was zählt, ist den Nacken über die Erde zu beugen, sich mehr um sie als um die Menschen zu bemühen.

Dann ist es schön, in der verbleibenden Zeit mit anderen zu tun zu haben, sich auf ein Gesicht zu verstehen, sich für eine Frau zu rasieren, sich auf eine Anmaßung zu stürzen und gegen sie anzurennen.

Ich bringe mehr Leben damit zu, Erde, Wasser, Wolken, Mauern, Werkzeuge zu betrachten, als Gesichter. Und sie gefallen mir.

Jetzt beschäftige ich mich mit dem von Laila, blank polierte Wangenknochen aus Kupfer, ein Schmollen in den Lippen, Teile, die sich nicht zusammenfügen lassen. Wenn ich an sie denke, gelingt es mir nicht, ein vollständiges Frauengesicht im Gedächtnis zu behalten.

Ich steige als Letzter aus dem Zug, trauriges Laster desjenigen, der auf seinem Weg kontrolliert, ob ihm jemand folgt.

Nachdem die Angekommenen ausgeschwärmt sind, bleibt der Bahnsteig leer zurück, und man kann aufpassen. Mir bleiben Angewohnheiten eines anderen Lebens.

Im Garten ziehe ich die Arbeitshose über meine Kleidung. Noch liegt der Frost hartnäckig in der Luft und lässt die Erde unter den Schuhen knirschen.

Unter den Stämmen des Lorbeers das blasse Orange eines Rotkehlchens, das sich wegen der Kälte vom Ast gelöst hat und wie ein starres Blatt vom Baum gefallen ist.

Von Norden weht es rau ins Gesicht, also rasiert man sich einfach nicht morgens, sondern abends.

Ich habe das Rasiermesser bei mir, nach der Arbeit gehe ich zu Laila.

Ich bereite mir einen Schlafplatz im Werkzeugschuppen, denn nach dem Abendessen fahren keine Züge mehr.

Ich grabe die Erde unter den Lorbeerbäumen um. Unter ihren dicken, immergrünen Blättern beschützen sie Spatzen. Abends streiten sie um den wärmsten Platz, nahe am Stamm. Sie streiten, um zu leben. Dann machen sie ein Geflüster zur Beilegung des Streits, ich meine, dass sie beten.

Nur im Herbst beschneide ich die Lorbeerbäume, wenn sie den Spatzen nicht als Unterschlupf dienen.

Die Überbleibsel ihrer Zweige verbrenne ich besonders gerne. Sie machen einen Rauch, der betäubt und die Verschwundenen ins Gedächtnis ruft. In diesen Rauch setze ich mich mittags mit schwarzen Oliven.

An solchen Tagen erkenne ich vieles durch die Geometrie. Die Lebenden befinden sich nicht im rechten Winkel über den liegenden Toten, sondern parallel zu ihnen. Die Sense ist nicht gebogen wie der Mond, sondern wie das Ei. Das Brot geht auf und wiederholt dabei die Form der Handfläche des Bäckers. Es zum Mund zu führen ist, als drückte man ihm die Hand.

Wenn man schweigt, während der Körper arbeitet, kommen und gehen zerstreute Gedanken vom Schwimmen und vom Fliegen. Aus einem April vor vielen Jahren kehrt mir der Himmel von Jericho zurück, weiß gefärbt von Störchen, die aus Afrika zu den Dächern und Ebenen Europas ziehen.

Vor der Suppe des Wirts lese ich eine Geschichte zu Ende, in der die Stadt Odessa beschrieben wird

Nie das Schwarze Meer gesehen: Darum weiß ich auch nichts vom Tyrrhenischen Meer, wenn ich die Mündung der endlosen Flüsse nicht kenne, die vom Süden Russlands aus den Wasserspiegel des Mittelmeers ausgleichen.

Von zu vielen Dingen weiß ich nichts, um sie in Betracht zu ziehen, doch manchmal taucht eine Unwissenheit auf, die mich sehnsüchtig macht.

Ich blättere in Seiten über eine Stadt der Feigen, der Banditen, Matrosen, Juden.

Unterdessen füllt sich das Lokal mit dunkelhäutigen, frierenden Männern. Ich lade sie ein, sich an meinem Tisch auf die drei leeren Plätze zu setzen, bestelle einen Liter zum Teilen, bitte um Entschuldigung, dass ich lese.

Alle drei sind unterschiedlichen Alters und unterschiedlicher Herkunft. Sie essen etwas, das sie aus ihren Taschen geholt haben, unsere Hände füllen den Tisch.

Ich lese von Odessa und höre ihren Atem, ein Geräusch wie Brandung.

In der Kälte draußen ziehen sich die Lungen zusammen, drinnen dagegen weiten sie sich, damit das Blut sich erwärmt.

Sie nehmen eine Tasse Kaffee an, dann gehen sie gemeinsam fort, nach einem Händedruck.

Nachmittags kommt die Steineiche. Ich ordne die Wurzeln in dem ausgegrabenen Loch, stütze sie mit drei Pfählen, dünge und wässere. Sie hat schon einen schönen dicken Stamm, es ist mühevoll und gefährlich für sie, schon ausgewachsen neu eingepflanzt zu werden. Manchmal werden sie traurig und wollen nicht mehr weiterleben. Ich singe ein bisschen um sie herum als Willkommensgruß, binde sie, um ihr Kraft zu geben.

Es wird früh dunkel, ich wasche mir das Gesicht, rasiere mich. Ich benutze keinen Rasierschaum, es reicht mir, das Wasser einen Moment im Gesicht zu lassen, dass die Barthaare nass werden, die sich dann ganz leicht lösen.

Die Hände reibe ich kräftig, um die Schatten der Erde zu beseitigen, dann binde ich mir einen alten Schlips um den Hals und gehe.

Ich trete ein, gebe ihr die Hand und drehe ihr den Rücken zu, um den Mantel abzulegen.

Während ich umgedreht stehe, fühle ich, wie ihre Finger mir von einem Ohr zum anderen über den Nacken streichen. Ich verstehe die Geste nicht, drehe mich langsam um, sie sagt, dass ich zwei parallele Falten habe genau wie ihr Vater, zwei Schnitte, sagt sie.

Ich frage, ob ich ihm auch von vorne gleiche, nein, das nicht, dann fällt ihr etwas anderes ein, sie nimmt meine Hand, dreht sie mehrmals herum, sagt, die Handfläche gleiche seiner, der Handrücken nicht. Es gibt also eine Rückseite, die erinnert, und eine Vorderseite, die nicht erinnert.

Sie trägt ein enges Kleid, das überall am Körper anliegt, und einen Wollpullover in einem Weiß wie die Mandelblüte. Wir stehen immer noch im Eingang.

Sie fährt mich in ein großes Zimmer, ich sehe eine Küche, einen gedeckten Tisch, Stühle, ein Sofa, große Bilder an der Wand, und auf mehr achte ich nicht.

Wie wenig ich von mir weiß: Ohne Verlegenheit setze ich mich und ziehe mir die Hosen ordentlich über dem Knie zurecht und frage, woher sie kommt. Russland und Schottland von der mütterlichen Seite, Sizilien und Ligurien von der väterlichen Seite.

Du bist eine Prinzessin, hast die Geografie im Blut.

Sie heißt wie ihre russische Großmutter, die am rechten Ufer der Neva geboren wurde. »Nébo na Névoi«, der Himmel über der Neva, ist ein Lied, eine Strophe nur, die am Saum ihres Kinderschlafes zurückblieb, wo sich die Schlaflieder einnisten, und die Stimme einer Großmutter rutscht in ihre Träume hinein.

Sie fragt, ob meine Mixtur mich auch zum Prinzen mache.

Nein, meine Eltern kommen nur aus einem Ort und die Großeltern ebenfalls.

Doch ich erfinde ein buntes Gemisch aus Vorfahren: Nachts verspüre ich ein griechisches Heimweh wegen der Sterne, die sich zu Worten in einer Lesefibel aufhäufen, wegen der Berechnung der Planetenbahnen, wegen der Ordnung der Kometen.

Laila sitzt auf der Armlehne, so betrachte ich sie von unten, und sie gefällt mir.

Ich spreche weiter: Nachts unter freiem Himmel begreife ich, dass die Wissenschaft von der Schönheit angetrieben wurde, vom Wunsch, sie zu verstehen.

In Gegenwart einer Frau spüre ich den Neapolitaner, das ist die Lust, sie zum Lachen zu bringen.

Gibt es vorher kein Lachen, schmecken die Küsse fade. Das sage ich ihr nicht.

Bei der Arbeit bin ich einer, der von diesem Meer abstammt, wo es unerwartete Stürme gibt, das man nicht so gut kennt und vorausberechnet wie den Atlantik, darum nehme ich es mit jedem Wetter auf, das kommt.

Vor dem Spiegel überläuft mich ein jüdischer Schauer, wenn ich mich unter den Schläfen rasiere, und vor Käse fühlt sich meine Nase französisch an, und mit Wein im Glas verspüre ich in der Handfläche das Kitzeln irgendeines Großvaters, der die ausgelaugten Mergelböden der Piemonteser Hügel umgräbt.

Laila bewegt ihre Augen schnell über meinem Gesicht hin und her, sie ist dabei, mich zu erforschen. Ich gebe ihr Zeit und bleibe bei meinen Geschichten: Vor dem Meer fühle ich mich wie ein vorausschauender Bauer auf einer Insel, der ein Boot hat, um sich mit dem Fischen zu behelfen, wenn die Erde im Winter in Ruhe gelassen werden muss, und der darum zur Küste hinuntergeht, um etwas anderes zu wagen.

Kennst du dich gut, oder erfindest du?, fragt sie.

Ein bisschen schwindele ich, ein bisschen hole ich mir bei den Sinneswahrnehmungen und ein bisschen durstig bin ich auch.

Sie bittet um Entschuldigung, steht auf, steht so auf, dass sie viel größer wirkt oder ich tief eingesunken bin und sie eine Armlänge von der Decke entfernt ist.

Wein? Ja. Käse? Ja.

Ich stehe auch auf, hole ein aus Aluminiumfolie gemachtes Päckchen aus der Tasche, öffne es und lege meine Salbeiblätter auf den Tisch. Ich zerkrümele eines über einer Scheibe Käse.

Wie stark er riecht, sagt sie.

Das ist ein Weihrauch, der alle Teufel in die Flucht schlägt, sage ich.

Sie setzt sich dicht neben mich, lässt sich ein Blatt über einer zweiten Scheibe zerrupfen.

Es braucht Hände wie deine, um aus dem Salbei Weihrauchduft zu machen, sagt sie, schnuppert, die Linie ihrer Nase bildet einen spitzen Winkel mit der Tischfläche.

Für mich verhält es sich mit den Winkeln so: Wenn sie spitz sind, sind sie gut, wenn sie stumpf sind, böse, und wenn sie rechtwinklig sind, herrscht Ausgleich.

Sie deutet an, dass wir mit unseren Gläsern anstoßen sollen, ich drehe den Handrücken herum, damit meine Fingerknöchel ihre berühren: ein Zuprosten der Finger, dann der Gläser. Wo habe ich das gelernt: in einer anderen Welt, in einer Zeit, als es seltsam war, zu leben und sich am anderen Morgen wach wieder zu finden, um weiterhin da zu sein.

Später erzählst du mir davon, sagt sie. Ich mache eine winzige verneinende Geste mit dem Kopf. Sie kümmert sich nicht um das Nein.

Du scheinst einer zu sein, der viele Dinge weiß, sagt sie.

Ich verneine: Ich weiß nicht einmal, wo vorne und hinten ist.

Sie lacht.

Eine eigenartige Frau, denke ich, und sehe, wie breit ihr Mund zu beiden Seiten wird und die Zunge zwischen den

Zähnen blitzt, und es kitzelt mich in der Nase, weil ich ihrem Lachen direkt gegenübersitze.

Sie fragt mich, was ich arbeite. Ich bin ein Gartenarbeiter, muss mich oft hinknien, verschleiße dort meine Hosen. An den Knien flicke ich sie dann immer wieder.

Wie ist die Erde, fragt sie, und sie erwartet die übliche scherzhafte Antwort, dass sie niedrig ist, dass sie zu weit unten ist.

Nein, ich werde ernst und sage etwas anderes. Es gibt zwei verschiedene Arten Erde, sage ich und wende mich ihr zu, denn sie sitzt neben mir. Unter der einen fließt Wasser, man macht ein Loch, und sie blüht auf. Das ist leichte Erde.

Die andere hängt vom Himmel ab, sie hat nur diese Quelle. Sie ist karg, eine Diebin, sie kann dem Wind und der Nacht Wasser stehlen, und kaum hat sie ein bisschen, verbraucht sie es alles sofort für Farben, die sie im Innersten der Steine zurückgehalten hat, und sie gibt Kraft aus Zucker in die Früchte und vergeudet unverschämt viel Duft. Das ist die Erde mit trockenem Himmel, sie ist mir lieber. Dieser Salbei stammt von ihr.

Sie hört mir mit zusammengekniffenen Lippen zu, fragt, ob ich diese Dinge aufschreibe.

Nein, ich schreibe nichts, aber ich lese, gerne.

Und Briefe? Briefe ja. Liebesbriefe?

Auf die Frage fällt mir statt einer Antwort eine Geschichte ein. Ich werde sie erzählen, aber ich habe Hunger, sage ich.

Und wir setzen uns vor die Teller, und sie trägt eine gute

Suppe aus Linsen und Bohnen auf. Ich nehme zwei Löffel, dann spreche ich.

Vor einiger Zeit kommt mich eine Frau besuchen.

Ich öffne ihr die Tür, sie ist unverändert, kommt direkt aus einer Zeit von vor zwanzig Jahren, ein Abstand, der bei ihr nicht länger scheint als eine Straßenbahnfahrt.

Sie will etwas über mich erfahren, will sehen, ob zwei verschiedene Zeitabschnitte zusammenpassen. Sie zieht meine Briefe hervor.

Ich überfliege sie zum ersten Mal. Ja, wenn ich sie schreibe, lese ich sie nicht noch einmal, ich mache Schluss und schicke sie ab, heute wie damals.

Hinter dem vergilbten Papier sehe ich mein Gesicht von früher, bevor ich die Welt veränderte, und ich sehe, dass es da noch zu allem Möglichen taugte.

Ich sage ihr, dass sie die Umarmung, die sie im Schoß aufbewahrt hat, dem jungen Mann von damals bringen soll. Denn sie ist immer noch ganz und heil und kann noch einmal so einen finden. Jedenfalls sage ich ihr: Ich bin es nicht.

Wenn du es nicht bist, sagt sie, bist du es nie gewesen.

Sie steht vom Tisch auf, zieht sich den Mantel an, geht hinaus, ruhig, wunderschön, kein Wort. Bis heute weiß ich nicht, ob sie recht hat.

Das ist die Geschichte, und Laila fragt, warum.

Ich sehe alte Dichter Preise für Gedichte bekommen, die sie in ihrer Jugend geschrieben haben. Keiner von ihnen sagt: Das bin ich nicht. Ich kann es nicht so machen wie sie. Ich müsste sagen: Nimm den Preis deines Besuchs zurück, ewig junge Frau von vor zwanzig Jahren. Ich bin der klapprige Onkel des Briefeschreibers.

Doch mehr als sagen: Ich bin es nicht, und den Wein trinken, den sie in ihrem Glas gelassen hat, kann ich nicht.

Ich umfasse das Glas mit dem, den ich jetzt vor mir habe und der besser ist als der andere.

Und die Briefe?, fragt sie. Sie lässt sie liegen.

Hast du sie noch? Ich lächle, nein. Mit den Fingerknöcheln streicht Laila mir zärtlich über den Handrücken.

Mir fällt keine Geste als Erwiderung ein. Ich rühre mich nicht.

Es gefällt mir, wie du bist, sagt sie, ein Stein im Fluss.

Ich betrachte sie an irgendeiner Stelle ihres Gesichtes, plötzlich möchte ich aufstehen, den Tisch wegschieben, sie an den Hüften ergreifen und festhalten. Ich bleibe still sitzen.

Und ich gefalle dir, sagt sie, ohne zu fragen.

Was kannst du mit einer Antwort anfangen. Also ja, sagt sie.

Natürlich, nicht mal mit zwanzig habe ich neben so viel beklemmender Schönheit gesessen, soweit ich mich erinnere, aber das ist nur, um etwas zu erwidern.

Es stimmt nicht, aber es klingt gut, sagt sie.

Und sie steht auf und stellt eine Musik an und lässt mich aufstehen, wir sind gleich groß.

Ich erinnere mich an das Tanzen auf öffentlichen Festen, sage ich, diese schöne Ausgelassenheit fehlt mir und das Herumstolpern um ein Mädchen.

Ich lege leicht den Arm um sie, trotzdem fühle ich die Reihe ihrer Rippen. Ihre Hand in meiner Linken ist frisches Brot, ich führe sie dicht an die Nase.

Ich schaukele hin und her wie ein Zweig im Herbst, verliere Blätter. Ihr Gesicht ist nah, seufzt, es verwirrt nicht, sondern räumt die Gedanken auf.

Woran denkst du, fragt sie.

Ich betrachte die Haare, erkenne darin die Handbewegung wieder, die sie zu Wellen ordnet, der Holzgriff deiner Haarbürste ist wie der Wind vom Atlantik, der lange Wellen gräbt.

Mir scheint, unsere Stirnen bewegen sich aufeinander zu, ich höre ihr jetzt zu, wie sie mich beschreibt. Sie sagt, dass ich unnachgiebig bin und dass solche Menschen den anderen viel Freiheit lassen. Niemand folgt ihnen, darum tun sie, was sie wollen, ohne sich umzudrehen.

Ich schwanke immer noch leicht zur Musik, ihre leise gehauchte Stimme treibt mir das Blut an. Nicht ihre Schönheit, auch nicht der Anlass, sondern ihre Worte: Und meine Nase weitet sich, wenn die Körper sich in der Mitte berühren.

Schnupperst du, fragt sie. Ja, ich rieche deine Worte.

Bist du unnachgiebig oder nicht? Weniger, weniger als das: Wenn du etwas über mich denkst, nimm ein wenig davon zurück, geh um ein paar Grad tiefer, und ich antworte dir: Das bin ich.

Das bin ich, sagt Laila.

Sie beugt ihre Stirn vor, eine glühend heiße langsame Bewegung, lehnt sich an meine, lose fallen ihre Haare über meine Schläfen mit kurz geschorenem Haar und ihr Atem, der mir in die Nasenflügel steigt, und mein Atmen, das ich nicht hören kann, und wir stehen so nah beieinander, dass wir stillstehen müssen.

Jetzt drückt sie meinen Nacken mit der Hand, sodass unsere Gesichter am Ansatz der Münder zusammengepresst werden.

Jetzt atmen nur die Nasen.

Dann dürfen die Hände sich bewegen, damit sie zur Ruhe kommen.

Es macht uns verlegen, uns zurückzuhalten, darum sagen wir nichts.

Ich bin behutsam, damit ihr nicht zu viel Kraft entgegenschlägt, so wächst die ihre.

Sie ist über mir, schlägt auf meine Brust mit dumpfen Hieben. So fällt man Bäume, ein Schlag, um den Stamm zu spalten, und eine Drehung, um das Eisen aus dem Aufprall zu befreien. Laila lässt diese Schläge auf meiner Brust ertönen, lange Zeit widerstehe ich stolz, so lange wie ein Baum, der ätzend das Eisen kerbt, das ihn vernichtet. Schließlich breche ich zusammen und sie auch.

Ich nehme eine zärtliche Geste wahr, mit der sie mich abtrocknet. Ein paar Atemzüge lang schlafe ich.

Dann suche ich meine Kleider, ich wohne weit weg.

Bleib, sagt sie.

Wenn du Gesellschaft willst, ja, wenn nicht, ist es besser für mich, nicht im Weg zu sein.

Ich will, dass du mir in den Bettlaken im Weg bist, sagt sie. Dann fragt sie, ob ich Lust habe, ein bisschen zu reden.

Ein bisschen. Ich frage, wie es kommt, dass sie allein ist.

Wegen der Arbeit.

Verdienst du Geld mit der Einsamkeit? Nein, mit Männern, ich gehe für Geld mit Männern. Nicht auf der Straße, ich gehe zu Verabredungen.

Ich schweige, natürlich präsentiert sie mir jetzt keine Rechnung.

Sie fragt, ob mich das anekelt. Nein.

Jetzt weißt du es also.

Nein, sage ich, ich weiß jetzt, dass du es mir sagen wolltest, und das ist mehr als die Mitteilung selbst. Laila, ich habe nichts, womit ich das wettmachen kann.

Du willst nicht, sagt sie.

Auch das stimmt, sage ich.

Egal, es reicht schon, dass du dich nicht vor mir ekelst.

Wir bleiben liegen, in einer halben Umarmung. Sie sagt »Halt mich fest«, und ich ergreife sie auch mit dem anderen Arm und lege sie auf mich. Und ich drücke sie ein wenig: Ist das so ein richtiges »Halt mich fest?« Sie lacht ein Ja direkt in mein Ohr.

So verliebe ich mich in dich, sage ich. Es ist eine Lüge, doch ich sage es trotzdem.

Männer verlieben sich nicht in eine vom Gewerbe, sagt sie. Die Kunden nicht, sage ich, aber einem Schmarotzer von Gärtner kann es passieren.

Wir liegen ausgestreckt, sie betrachtet meine Nase, ich starre zur Decke.

Ich erinnere mich an Nächte ohne ein einziges Blatt zwischen meinem Schädel und dem Himmel.

Ich erinnere mich an Tage und an Bewegungen, die wie die Zeichnung eines Risses verlaufen, sie setzen auf den Zufall, um sich eine Form auszudenken, wie sie dauern können.

Wer flieht, hat nicht das Weite vor sich, sondern viele versperrte Wege. Ich versteife mich auf Abbiegungen, Abweichungen, nachts suche ich Plätze unter freiem Himmel, ich fliehe zu Fuß, in Richtung Süden. Die Welt ist mir auf den Leib gerückt, sogar die Sterne sind Hunde auf meiner Fährte. Bei dir warte ich jetzt auf den Schlaf und denke an diesen Himmel im Süden.

Welcher Süden, fragt sie. Der Süden der Welt, sage ich: der Schütze, der Wolf, der Zentaur, das Segel, das Kreuz des Südens.

Ob ich die Sterne kenne? Ich nenne sie bei ihrem Namen, nehme mir diese Vertraulichkeit heraus, aber ich kenne sie nicht, es ist nur eine Vorstellung von Weitem. Sie lächelt: Und warum dort?

Krieg. Welcher? Einer, es gibt immer einen.

Die Soldaten kommen gut aus mit denen vom Gewerbe, sagt sie.

Davon kann ich nichts erzählen, sage ich.

Du hast ein Gesicht, das voll davon ist, sagt sie und berührt es mit dem Fingerrücken und fährt an ihm entlang. Gesichter sind Schriften.

Hände auch, sage ich, und Wolken, das Fell von Tigern, die Schale von Bohnen und der Sprung der Thunfische auf der Wasseroberfläche ist Schrift.

Wir lernen Alphabete und wissen nicht, wie man Bäume liest. Eichen sind Romane, Pinien Grammatiken, Rebstöcke Psalmen, Kletterpflanzen Sprichwörter, Tannen sind Verteidigungsplädoyers, Zypressen Anklagen, der Rosmarin ist ein Lied, der Lorbeer eine Prophezeiung.

Mir reicht es, dein Gesicht zu lesen, sagt sie.

Welche Seite magst du am liebsten?

Die hinterste, den Nacken mit den parallelen Falten meines Vaters. Es gibt Männer, sagt sie, die intime Dinge erzählen, wenn sie getrunken haben. Du aber bist einer von denen, die etwas am Rand des Schlafes zurücklassen.

Ihre Stimme wird rau, Schmirgelpapier, das über Holz reibt, mir ist, als ob ich schläfrig werde, stattdessen fange ich an zu reden und merke, dass ich hinter den Worten herlaufe, dass ich sie nicht mehr aufhalten kann. Ich höre mich sagen: »In mir ist das, was es in vielen Männern auf der Welt gibt, Liebe, Schüsse, ein paar Sätze voller Stacheln, keine Lust, darüber zu reden. Wir sind durchschnittlich, wir Männer. Nur zu leben ist etwas Besonderes, abends seine Handfläche betrachten und wissen, dass sie morgen wieder frisch sein wird, dass der Schneider der Nacht Haut näht, Schwielen ausbessert, die Risse flickt und die Müdigkeit dämpft.

Ich höre Worte, die ohne mich zu meiner Stimme gekommen sind.

Jetzt bittet sie mich um Entschuldigung. Ihre Stimme ist wieder klar und wie Wasser auf meinem Gesicht. Sie umarmt mich, sagt mir noch einmal Entschuldigung, ich weiß nicht, wofür, frage nicht, halte sie auf meiner Brust, bis ich einschlafe.

Ich gehe noch in der Dunkelheit fort. Im Garten arbeite ich angestrengt, um mich warm zu halten. Ich lege einen Pfad aus Steinen durch die Reihen der Weinstöcke.

Ein hoch gewachsener Mann, ein Afrikaner, er ist alt, macht mir ein Zeichen vom Tor her. Ich gehe zu ihm, er stellt sich vor, gibt mir die Hand. Er fragt, wie es mir geht, wie die Arbeit vorankommt. Ich antworte auf den guten Brauch, erst ein wenig Konversation zu machen, bevor man zur Sache kommt.

Ich weiß nicht, was er mir zu sagen hat, erst einmal lasse ich ihn hereinkommen und lade ihn ein, im Werkzeugschuppen einen Kaffee zu trinken, den ich mir auf einem kleinen Ofen zubereite.

Er kommt gerne. Gute Zähne hat er zum Lächeln. Hier ist er Hilfsarbeiter, zu Hause züchtet er Vieh. Er kommt oft nach Italien, nie länger als für ein Jahr, dann kehrt er zurück. Im Mund lutscht er etwas. Es ist kein Bonbon, ein Olivenkern. Er liebt die dunklen Oliven, die Kraft des Öls, sich in einem harten Holz einzuschließen, an dem man nagen kann, er mag den Geschmack des Kerns und dreht ihn so lange im Mund herum, bis er ganz glatt ist und keinen Geschmack mehr hat.

Oliven leisten mir Gesellschaft, sagt er.

Eine Hand voll reicht ihm für einen Tag.

Der Kaffee steigt auf, zischt duftend aus dem Hals der

Kaffeemaschine. Bevor er ihn trinkt, spricht er ein Gebet, zum Dank. Du nicht?, fragt er, ich nicht.

Ich bete, sagt er, jedes Mal bevor ich etwas in den Mund stecke. Ich bete, um den Tag an seine Stütze zu binden, wie ich es mit dem Schilfrohr neben der Tomate mache. Ich segne diesen Kaffee der Freundschaft.

Vielleicht ist es für jemanden aus Afrika einfacher, Erde und Himmel mit einer Schnur zu verbinden.

Er hält die weiße Tasse in der Handfläche, die grau ist wie Stein.

Wir trinken, nebeneinander auf der Bank sitzend. Ich sage ihm, sein Italienisch sei in Ordnung. Er erwidert, dass die Sprache ihm besser gefällt als alles andere.

Hartes Leben hier?, frage ich. Nein, gut, es ist nicht befriedigend mit den Menschen, doch es ist gut. Man geht aus, bekommt Lust, ein paar Worte zu wechseln, sagt er, aber nein, hier antworten die Menschen nicht. Es ist nicht befriedigend, wiederholt er, aber es ist ein gutes Leben.

Ich stelle die Tassen weg, frage, ob ich ihm mit irgendetwas helfen kann. Ja, sagt er, und zeigt auf die Mimosen. Sie beginnen gerade zu blühen, er fragt, ob er einen Bund haben kann, um sie in kleinen Sträußchen verkaufen zu können.

Ich schneide einen reichlichen Arm voll ab. Er ist zufrieden, fragt nach dem Preis. Nichts, es sind genügend da, und der Pflanze tut es gut, wenn sie gelichtet wird. Komm wieder, solange es welche gibt. Er will bezahlen, keine Schulden haben. Gut, dann kaufst du mir am Ende der Blütezeit eine Flasche, und wir trinken sie gemeinsam.

Er setzt sich auf die Erde, zieht eine kräftige Klinge heraus und beginnt, kleine Sträußchen zu machen. Dann geht er, schwarz voller Gelb, und jede der beiden Farben leuchtet im Arm der anderen.

Die Decken, die ich in der Hütte gelassen habe, erinnern mich an Lailas Bett. Aus dem leeren Bauch steigt der Gedanke an die Umarmungen wieder auf. Auf der Straße zur Trattoria versuche ich mich zu erinnern. Nur Teile kommen an, zuletzt einer von ihren Ellenbogen mit einer kleinen Locke heller Flaumhaare ringsherum.

Ich stelle die Suppe zwischen mich und das an die Halbliterkaraffe gelehnte Buch.

Draußen scheint die Sonne, und im Raum herrscht nicht der eiskalte Süden von gestern. Ich esse.

Ein Löffel ist gut Freund mit der Lektüre, er fischt auch allein im Teller. Eine Gabel braucht mehr Aufmerksamkeit.

Ich genieße eine Kartoffelsuppe voll Würze aus roten Pfefferschoten, dabei verfolge ich ein Hafenabenteuer, das mit Worten gewürzt ist, ich bemerke Laila nicht, die vor mir steht und darauf wartet, dass ich die Augen hebe.

Ich sehe sie beim Umblättern der Seite, verflixt, ich springe auf, nehme meine Brille ab, gebe ihr die Hand, schiebe den Stuhl zurück, das Buch fällt herunter, kurz, ich versuche, ein wenig Eifer zu zeigen, um sie für ihr Warten zu entschädigen.

Ich hinterlasse keine Zettel, und darum muss sie raten. Auf einen Anruf von mir nach der Arbeit warten? Lügner, sagt sie, wirft einen verstohlenen Blick auf den Titel des Buches, bestellt ein Fischgericht.

Ich betrachte sie, sage: »Ein Wunder bist du, Laila, legst die Ellenbogen auf den Tisch wie eine Königin, die sich überall dort Platz verschafft, wo sie ihr Gewicht aufstützt. Den Rücken hältst du senkrecht wie einen Bug über dem Wasser. Was willst du am Tisch mit einem Gärtner?« Endlich mal ein Kompliment, sagt sie, dann ärgert sie sich über jemanden, der sie anschaut, aus Neugier drehe ich mich um, und ein Mann wendet das Gesicht zur anderen Seite. Sie sagt, es sei bequem, mit einem Mann zusammen zu sein, einem Gärtner zum Beispiel.

Ich lege das Buch auf eine Seite des Tisches und denke, dass es jetzt wie ein Gleichheitszeichen aussieht.

Wir sitzen einander gegenüber, sie und ich, wie zwei Zahlen, nach denen auf der Seite dieses Zeichen folgt. Ich weiß nicht, welche Art Rechnung wir sind.

Was ich denke? Ich erzähle ihr vom Schwarzen mit den Mimosen, sie lässt sich einen Zweig vormerken. Sie legt ihre Handfläche auf meine Hand, fast werde ich verlegen, sie nicht, sie ist die Königin über die Männer.

Lange Finger, eine ausladende Hand, ähnlich wie der Mund, ihr Handgelenk ist voller Willensstärke. Sie hält ihre Hand über meiner, sagt, es sei, als würde man einen Stein ergreifen.

Sie sagt, sie hat Lust, ihn gegen eine Scheibe zu werfen und wegzulaufen.

Ich bin nicht länger verlegen, seit fünf Minuten liebe ich eine Frau, die mit Männern geht, ich liebe sie mit einem Olé in den Augen.

Es dauert nicht. Warum muss es dauern? Soll es aufhören, wann es will, einstweilen liebe ich: Ein bisschen unbeholfen geworden durch die Gesellschaft von Büchern, die Fingernägel niemals akkurat, die kurzen grauen Haare fast alle an ihrem Platz, breite Füße, gute Zähne, der Rücken versteift wie ein ausgehöhlter Holzstock, liebe ich einen halben Meter direkt vor mir eine Frau, die mir zugefallen ist.

Ich verliere mich in einer Geometrie: verbinde die beiden Punkte ihrer Augen, ziehe eine Linie, die nach oben bis zu einem Gemälde mit Bergen und nach unten bis zu einer schlafenden Katze reicht. Deine Augen verbinden den Schlaf einer Katze mit einem Lärchenwald. Dieses Mal verstehe ich dich nicht, sagt sie. Ich erkläre es ihr, sie spielt die Verzweifelte: »Hast du noch mehr solcher Verrücktheiten?« Eine noch, ja, ich muss an jedem Ort wissen, auch in geschlossenen Räumen, wo die Himmelsrichtungen sind. Die Eingangstür, und ich senke die Stimme, als würde ich ihr ein Geheimnis verraten, liegt im Norden.

Sie macht eine verschwörerische Miene.

Du bist im Süden, und ich fühle mich wie jemand, der dorthin zurückkehrt.

Ich nehme sie mit in den Garten, schneide einen Zweig ab, jetzt trägt auch sie gelbe Wattebäuschchen am Körper. Ob ich hinterher zu ihr komme, fragt sie. Ja.

Ich mache mich wieder an die Arbeit.

Ich bin ein wenig matt, die Sonne ruht fest auf der Erde und macht es unnötig, Kraft in die Werkzeuge zu stecken, um sich zu wärmen.

Ich gestehe mir die Erschöpfung wegen der um die Ohren geschlagenen Nacht ein und verjage den Gedanken, das zweite Mal bei Laila zu verschieben, ich bin das Aufsparen satt.

Ich grabe, lockere die Erde um die Pflanzen herum auf, damit ein wenig Luft unter die freigelegten Graswurzeln gelangt.

Ich denke an die Tage voller Nöte im Süden, Tage, die der Tod zerstört, der Klumpen aus uns herausreißt, sie zu Tausenden, kaum dass er sie gepackt hat, bei lebendigem Leib in den Sack steckt. Damals ist die Liebe ein Austausch von versunkenen Umarmungen, das Bedürfnis, sich aneinander festzuzurren. Und am Ende jeder Umklammerung, wenn man schließlich Ruhe gefunden hat, bleibt ein harter Abschiedsgruß ungesagt.

Seltsam, sich Tag für Tag verloren zu wissen und sich niemals Auf Wiedersehen zu sagen.

Heute würde mir dieses gegenseitige Grüßen genügen. Um zu vergessen.

Ich grabe, und mir ist, als würde ich Namen umgraben. Hier in Europa, dem Antipoden von Argentinien, bäumt die Zeit sich nicht auf wie ein Pferd, ein Applaus, eine Windhose: Nein, sie verteilt sich wie ein feiner Regen.

Hier habe ich nichts Eigenes, was ich beschützen müsste.

Ich gehorche deinem eigenartigen Drängen, Laila, denke ich, während ich im Abendzug nach Hause zurückfahre, zwischen Männern, die mutlos sind vor Erschöpfung.

Wir sind gepolstert mit Kleidungsstücken, wir sind Eier in einer Verpackung.

Zu Hause, unter der Dusche, gestehe ich mir ein, dass ich für ein Ei zu behaart bin.

Noch einmal widerfährt mir die Liebe, darum denke ich an die erste, während ich wieder in den Zug steige.

Mit zwanzig versuche ich ein paar spärliche Lieben. Bei dem einen Mädchen bekomme ich Lust, zusammen ins Kino zu gehen, bei einem anderen, in der nächsten Stadt herumzulaufen. Ich bin hinter ihnen her, sie meiden mich, ich schreibe ihnen ein paar Briefe.

Sie fehlen mir, aber sie wecken keine Liebe.

Ich vergesse sie, als ich lerne, Berge zu besteigen.

Dann begegne ich im Sommer Dvora.

Es gibt Wesen, die füreinander bestimmt sind und denen es niemals gelingt, einander zu begegnen, also behelfen sie sich, indem sie einen anderen Menschen lieben, um dieses Fehlen notdürftig zu flicken. Sie sind weise.

Mit zwanzig kenne ich noch keine Umarmungen und beschließe zu warten. Ich warte auf das für mich bestimmte Wesen. Ich bin wachsam, lerne, die Gesichter einer Menschenmenge in wenigen Augenblicken zu überfliegen. Es gibt Methoden, mit denen man die schnelle Lektüre von Büchern lernt, ich lerne, eine Menschenmenge im Flug zu lesen.

Ich prüfe sie genau, scheide alle aus, kein Körnchen dieser Gesichter bleibt in der Netzhaut zurück. Immer weiß ich genau, dass sie nicht dabei ist, sie, die mir Bestimmte.

Ich habe kein Porträt im Kopf, das ich mit einem Gesicht zur Übereinstimmung bringen muss, nein, das Füreinanderbestimmt-Sein hängt nicht vom Sehen ab, auch wenn ich nicht weiß, wovon. Ich warte darauf, ihr zu begegnen, um ihr Äußeres kennenzulernen.

Warten. Das ist mein Wort mit zwanzig Jahren, ein trockenes Unendliches, das nicht mit Bangigkeit beschmutzt ist, das nicht vor Hoffnung geifert. Es ist ein leeres Warten.

Ich begegne Dvora im Gebirge. Ich hänge in der Wand der Tofana von Rozes. Es ist Mittag, und meine Seilschaft aus zwei Mann befindet sich im Abschnitt der Felsüberhänge.

Dvora klettert eine Strecke mit Steigeisen gegenüber von meiner Wand hinauf. Sie taucht von hinten auf und sieht an einer Stelle direkt vor sich die Wand, an der die beiden kleinen Männer emporklettern, durch ein Seil miteinander verbunden, das einen Zentimeter dick ist und von Weitem wie eine Wäscheleine aussehen muss.

Ich habe das Gesicht zum Felsen gekehrt und bin dabei, den zweiten Felsvorsprung zu ersteigen. Als ich einen Fuß darauf setze, ruft Dvora ihren Gruß, heller als der Mittag: »Olé.« Die Stimme packt mich von hinten, und ich erkenne sie, sie ist es, die für mich Bestimmte, ich weiß es sofort, und mir ist auch, als hätte ich schon immer gewusst, dass kein Gesicht, sondern eine Stimme das Zeichen ist, auf das ich gewartet habe.

Und ich wende den Kopf nach oben, und da ist nur Himmel, und nach unten, und da ist die Leere, und sie wiederholt ihren Olé-Schrei vom gegenüberliegenden Gipfel und hebt einen Arm, und ich drehe den Kopf und sehe ein Pünktchen Leben, das aufrecht über einem Abgrund aus zerklüfteten Felsen steht.

Und ich nehme mir das Taschentuch vom Hals und lasse es flattern, während ich immer noch halb am Rand des Felsvorsprunges hänge, und es ist egal, ob der andere Arm leidet, weil er für zwei tragen muss und nicht grüßen darf.

Und dann werfe ich das rote Taschentuch in die Luft und es schwebt und stürzt wie ein getroffener Flügel. Und ich rufe auch olé, und der Kamerad meiner Seilschaft schreit, ich soll mich beeilen und einen Punkt zum Verankern des Seils finden, doch ich kann eine Minute lang nichts als olé sagen und machen, und dann rufe ich den Namen der Hütte, an der man auf der Rückkehr vom Gipfel vorbeikommt. Und ich sehe sie nicht mehr.

Nach angestrengtem, schnellem Klettern erreichen wir in zwei Stunden den Gipfel. Wir machen uns sofort an den Abstieg, als ob Blitze fallen würden, dabei ist es früher Nachmittag und strahlender Sonnenschein. Und wir gelangen zur Hütte, sie ist nicht da. Mein Kamerad kehrt ins Tal zurück. Ich bleibe sitzen, den Rücken zur Tür, weil ich auf die Stimme warte.

Und sie kommt. Da ist Dvora, ich spüre Bienen im Blut, einen Bären im Herzen, jeder Herzschlag ist ein Prankenhieb, der den Bienenstock zerreißt.

Sie gibt mir die Hand, ich weiß, dass ich sie nicht mehr loslasse.

Dvora aus Argentinien reist in Europa umher als Belohnung für ihr Universitätsdiplom.

Dvora, zart in Bergstiefeln aus altem, gebräuntem Leder, die Hand vom Stahlseil der Steigeisenstrecke gerötet, die Wimpern weiß vom Salz des Schweißes und ein Lächeln, das auf meine Haare gerichtet ist, weil sie auch in einem geschlossenen Raum von ihrem eigenen geheimen Wind zerzaust werden.

Ich komme mit dir, Dvora.

Sie sagt: Steigen wir auf die Tofana von Rozes.

Ja, morgen früh, über die Steigeisenstrecke, die durch den großen Verbrennungsraum der Mine von Castelletto führt. Das war im Ersten Weltkrieg, damals wurden die Soldaten hierhergeschickt, um dem Felsen unter riesigen Mühen Zentimeter für Zentimeter Gestein zu entreißen. Es sind Hunderte von Metern in einem Loch, das sich nach oben schraubt, man braucht eine Lampe an der Stirn wie die Minenarbeiter.

Ich deute mit einer Geste das Licht am Kopf an. Wie Moses, sagt sie, lacht, macht olé.

Wir schlafen in der Hütte, strecken uns auf dem Boden aus, jeder in seinem eigenen Schlafsack, nah beieinander. Wir halten uns an der Hand, schlafen sofort ein.

Am nächsten Morgen dringen wir in das stille Dunkel einer Höhle ein, die in ein Bergdach gegraben wurde.

Ich erzähle Dvora von den Motoren der Bohrmaschinen, die Luft schlucken und Staub ausspucken.

Ich erzähle von den jungen Männern, die hierunter geschickt wurden, um über Felsspalten und Pistolenkugeln zu stolpern, um vom Luftdruck einer Bombe in die Tiefe gestürzt zu werden, die gelebt haben, nur um den Raben Augen zu geben.

Dvora hört zu, atmet, steigt hinter mir hoch, an das andere Ende eines Seils gebunden. An einigen Spalten, die sich unter dem Druck der Explosion geöffnet haben, ermessen wir, wie hoch wir gekommen sind, und unser Atem beruhigt sich.

Wir verlassen den Stollen über die Stufen der westlichen Wand, die im Schatten liegt, und steigen federnd, wie von einem Gummiband in den Beinen angetrieben, wieder die Abhänge hinauf. Nach all den Metern mit gebeugtem Kopf sucht der Hals die Höhe.

Wir wandern über Terrassen aus Fels, zwischen Resten von Schützengräben, wo junge Männer eines noch kindlichen Jahrhunderts davon träumen, mit ihm gemeinsam alt zu werden, so wie ich jetzt träume, zusammen mit Dvora alt zu werden.

Krieg ist, wenn die Jungen davon träumen, Großväter sein zu können.

Hier liegen Steine, die von den Feuern der Feldlager geschwärzt sind. Wir setzen unsere Schritte über die Schritte einer Jugend, die zu Holz und Stacheldraht wurde.

Auf dem Rückweg steigen wir quer durch die Tofana, unter uns versinkt das Tal Travenanzes, das Licht von unten erhält, vom Weiß seines Flusses.

Dvora fragt mich nach den Ortsnamen, wiederholt sie und behält sie genussvoll im Mund, als koste sie von einem Frühgemüse.

Auf dem letzten Gefälle besteht der Steigeisengang aus einem gesicherten Stahlseil, das bis zum Fuß der hintersten Pyramide reicht.

Auf dem Gipfel der Tofana gibt Dvora mir einen Kuss und nennt mich novio, Bräutigam. Und ich bin glücklicher als ein Märzhase. Und sie nennt mich *bashérte*, was in einer ihrer sechs Sprachen bedeutet Mensch, der für jemanden bestimmt ist. Und mir gefallen die Liebesnamen, und ich nenne sie auch novia und *bashérte*.

Und wir schlafen in unseren Säcken, jeder in seinem, aber unsere Köpfe bleiben dicht nebeneinander liegen. Und in der Nacht stoßen wir so heftig mit den Köpfen zusammen, dass wir aufwachen, dass wir auaaua rufen und danach lachen müssen. Unsere Hochzeitsnacht haben wir erst in Argentinien.

Ich bin wieder an Lailas Tür mit einer Flasche unter dem Arm und einem Gedanken, der mir schon am Eingang herausrutscht. Und so sage ich ihr sofort, dass es Ende Februar ist und der Aprikosenbaum schon blüht. Die Kälte wird ihm die Knospen austrocknen, und er wird keine Früchte tragen.

Scherzhaft fragt sie, ob es schlimm sei, dass der Besitzer des Gartens keine Aprikosen haben wird. Nein, sage ich, doch dass ich machtlos bin, den Baum zurückzuhalten, ärgert mich. Ich bin Gärtner und kann ihm nicht helfen, damit er nicht zur Blüte eilt, solange Winter ist. Und außerdem fühle ich mich für den Garten verantwortlich.

»Es fehlte noch, dass du Adam bist«, sagt sie und beendet das Thema.

Ich gebe ihr die Flasche, sie reicht sie mir mit einem Flaschenöffner zurück, geht zum Herd, um Soße umzurühren. Schlank im Rücken, eine Peitschenwindung in der Wirbelsäule, Arme und Schultern heben sich klar vom Rumpf ab, was für ein schöner Baum du bist, sage ich, während ich sie zwischen mir und dem Herdfeuer halte. Du siehst überall Zweige, sagt sie, aber sie windet sich nicht aus meinen Armen.

Verliebst du dich, Gärtner?

Nein, ich verblöde nur.

Und wie ist das? Schön.

Die Soße und eine Hand voll Oregano rufen schon den Sommer herbei. Ich halte ein bisschen zwischen den Fingern und rieche daran, als Mitteilung an die Sinne. Laila verpasst mir einen fröhlichen Kuss, rasch und mit einem Schnalzen. Auf ihren Kleidern liegt ein Duft nach Mandeln.

Mit dem Fingernagel zerbrösele ich eine kleine rote Pfefferschote, streue sie über den Teller und frage Laila dabei, ob sie der Altersunterschied zwischen uns nicht stört. Im Gegenteil, er ist nicht groß genug, sagt sie, du rührst mir die Kindheit im Körper auf, als ich die Großen umarmte, aus Freude darüber, sich fest zu drücken.

Und dir macht es nichts aus? Sie fragt.

Ich sehe in jungen Menschen die Trauer darüber, wenig zu lieben, sage ich. Du hast nichts von dieser Traurigkeit im Gesicht. Aber ich bin vorsichtig, wenn ich mit dir spreche, damit ich dir nicht auf die Füße trete. Es ist nicht wie beim Tanzen. Es ist wie auf einem Pfad aus Steinen, wo ein wenig Unkraut in den Spalten wächst. Die Pflanze ist widerstandsfähig, aber ich versuche trotzdem, sie nicht zu beschädigen, und setze aufmerksam meine Schritte. In den Häusern der Moslems lässt man die Schuhe vor der Tür, und so mache ich es bei dir.

Wir essen langsam, schweigend.

Wenn ich vor meinem Essen sitze, werden meine Bewegungen langsamer. Laila nimmt sich Zeit, und ich sehe ihre behutsamen Gesten voller Anmut. Die Sehnsucht, sie zu berühren, wird stärker.

Dann höre ich, wie ihre Stimme auseinanderfällt, wie die Geräusche an der Schwelle zum Schlaf. Ich höre, dass sie mich etwas fragt und dass ich ihr nur mit einem Teil von mir antworte. Es gibt einen anderen Teil, wo ich selbst bin, wo ich meiner Stimme zuhöre, die ohne Kontrolle spricht.

Ich beginne bei einer Musik, dann kommen Sätze aus weiter Ferne, und ich kann nichts machen, um sie aufzuhalten.

Sie bringen uns alle um, alle, die zum Aufstand gehören.

Wir hetzen von einem Versteck zum anderen.

Wir tragen den Geruch der Angst am Körper. Auf der Straße riechen ihn die Hunde und kommen hinter uns her.

Auf der Flucht versuchen wir irgendeine Rache.

Argentinien reißt eine ganze Generation aus der Welt, wie eine Verrückte sich die Haare ausreißt. Es tötet seine jungen Menschen, will ohne sie sein. Wir sind die Letzten.

Ich bin seit Jahren hier, um eine Frau zu lieben, und jetzt bin ich im Krieg.

An einer Straßensperre wird geschossen. Wir bleiben stehen, wir haben Waffen. Wir sind zu zweit, mein Kamerad verletzt einen Polizisten, und sofort durchbohrt ihm eine Salve die Kehle, und er stirbt zu meinen Füßen.

Sein Gesicht ist durch eine gewaltige Kraft gespalten. Sein Gesicht gibt mir Kraft. Ich rieche, was seine Eingeweide loslassen, und dieser Gestank treibt mich heraus.

Ich komme hinter dem Auto hervor, ziele auf die Deckung der beiden Polizisten, ihr Gewehr hat eine Ladehemmung, ich bin bei ihnen, schieße auf einen Körper, der auf den von vorhin, den verletzten, fällt, ich sehe das bestürzte Gesicht eines Jungen, er ist kein Feind mehr, ich schieße nicht auf ihn, fliehe.

So sind die Tage, rennend.

Man rafft Geld in einer Bank zusammen, um weiterzulaufen.

Bevor ich aufhöre, schieße ich noch einmal auf einen Hauptmann, ein einziger Schuss mitten in der Menge auf einem Bürgersteig am Sonntag. Heute weiß ich immer noch nicht, ob er lebt oder tot ist. Dann fahre ich nach Süden, wo das Land eng wird, wo es dumm ist zu fliehen.

Unsere Männer suchen sie woanders.

Ich bin in einem Wirtshaus für Matrosen und lerne, mich im unablässigen Toben des Windes vom südlichen Atlantik zu bewegen. Der Lärm deckt alles zu, er versteckt, betäubt, man hat keine Lust zu reden.

Ich habe keine Eile, habe das Aussehen eines Matrosen angenommen, der auf eine Einschiffung wartet und trinkt.

Der Wirt hat einen italienischen Namen, die Großeltern sind aus Otranto, auch eine Art vom Wasser umgebener

Landspitze. Er fragt, wann ich gehe. Da ist ein Walfänger, der zu den Malvinas fährt.

Ich bin am äußersten Rand meines Lebens angekommen, jeder Tag ist gut genug, um über die Kante gestoßen zu werden.

Der Wirt will, dass ich verschwinde. Vielleicht versucht er mir zu helfen. Er organisiert mir einen Platz als Schiffsjunge auf einem irischen Dampfer.

Bevor ich an Bord gehe, werfe ich meine Waffen weg.

Zum ersten Mal seit vielen Jahren fühle ich mich leicht, meine Hände sind abgelenkt, der Wind stößt so stark, dass er mich in den Arm nehmen kann. Ohne Waffen wiege ich nichts mehr.

Ich steige das Fallreep hinauf, denke an niemanden, ich bin das letzte Blatt am Baum und löse mich ohne jede Anstrengung.

An das geliebte Mädchen, dem ich gefolgt bin, bis ich zu einem Teil ihres Landes wurde, denke ich nicht.

Heute weiß ich, dass sie auf dem Grund des Meeres liegt, auf offener See mit verbundenen Händen aus einem Hubschrauber geworfen. Gelebt hat sie für mich, gestorben ist sie, um den Fischen Augen zu geben.

Ich gehe an Bord und vor der Abfahrt geben sie mir Pinsel, Farbe und eine Eisenbürste, mit der ich zwei Tage lang den salzigen Rost wegkratze.

Ich lerne die Namen von zehn Männern und erfahre von ihrer Vorliebe für Zwiebeln. Einer beißt in sie hinein wie in Äpfel.

Als wir aus der Bucht herauskommen, ist der Wind nur

noch tobende Kraft, er zertrümmert Wellen und durchnässt die Bärte.

Ich schlafe in einer Hängematte, die an den Balken des Laderaums aufgehängt ist, ich schaukele über dem Maschinenraum.

Ich bin vierzig Jahre alt und habe einen so tiefen Schlaf, dass man ihn treten muss, damit er aufhört.

Sie nennen mich den Toten, niemand kann so schlafen wie ich.

Niemand weiß, seit wie viel Leben ich nicht schlafe.

Die Reise ist ein einziger hartnäckiger Sturm, der Motor bleibt immer im Leerlauf, nur um das Abdriften damit auszugleichen.

Das Fischen geht schlecht, es macht doppelte Mühe. Das Netz reißt die Fische mit größerer Anstrengung aus den Wellen, und es klafft auseinander, um den Matrosen Schlaf zu rauben.

Nach dem Wind scheint das Bier süß zu schmecken. Am Sonntag beten sie, sie sind katholisch.

Der Kapitän hat Löcher von Splittern im Gesicht. Einige von ihnen müssen gekämpft haben, bevor sie zur See gingen.

Sie nehmen mich mit, weil ich auch nach Krieg stinke.

Ich bezahle mir die Reise mit der Arbeit, aber sie brauchen mich nicht.

Es ist abgemacht, dass sie mich auf den Inseln von Bord lassen. Das einzige Buch ist die Bibel. Ich lese sie bei wenig Licht, in einem Gehäuse aus Eisen, auf offener See.

Besonders lieb wird mir David, der einen einzigen Stein

in die Stirn des Riesen pflanzt und ein einziges Buch, die Psalmen, der Welt in den Mund.

Ich glaube nicht an die Schriftsteller, aber ich glaube an ihre Geschichten, das antworte ich einem mit Sommersprossen übersäten Matrosen, der mich fragt, ob ich an Gott glaube.

Der Fang wird verarbeitet, er wird eingefroren, wir sind anderthalb Monate auf See.

In Soledad schiffe ich aus und kann nicht mehr gehen. Ohne das Meer unter den Füßen gerate ich ins Schleudern, und mir fehlt der Wind, der die Ohren füllt, bis man vergisst. Ich bin auf englischem Boden.

Ich mache an einem Gasthaus halt, die Frau ist die Witwe eines Walfängers, Maria, Maria Delsol heißt sie.

Ich arbeite als Koch für sie, halte den Garten in Ordnung, hüte die Schafe, die dichte Wolle tragen.

Nachts machen wir Lärm. Maria ist stark wie ein Beiboot, das gegen die Strömung fährt, ich stehe aufrecht und lege mich in die Ruder.

Die Fischer lachen und trinken abends mit mir ein dunkles Bier, Maria beschimpft sie, doch sie geht auf ihre Scherze ein. Ich tausche Käse gegen Fisch ein.

Die Insel ist feucht, es gibt Tümpel, in denen Kohle und Pflanzen aufweichen und faulen.

Keine Bäume, der Wind mäht alles nieder wie ein Gärtner, es gibt kurzes Gras und Schwielen aus Flechten und Moos auf den Buckeln. Es ist eine abgeriebene Erde.

Die Schafe haben kräftige Lippen, um den kurzen, harten Bewuchs der Weiden abzureißen.

Die Vögel, die Fische fangen, finden hoch oben in der Luft den Punkt, wo sie schweben, dann lösen sie sich vom Stillstand des Himmels und stoßen auf eine Welle herab.

Ich warte. Ich habe nichts von der Zeit zu verlangen.

Es gibt mehr Tiere als Menschen, mehr Frauen als Männer, alles ist zahlreicher als ein Mann.

Und Jahre folgen aufeinander, ich arbeite, verschaffe Maria Frieden, Geld rühre ich nicht an, ich denke nicht daran.

Im Radio höre ich ein Lied aus Argentinien wieder, am Tag danach kommt die Invasion.

Lailas Stimme unterbricht mich, sie ertönt auf beiden Seiten des Kopfes.

Ich begreife, dass ich viel gesagt habe. Also trinke ich ein Glas, weil ich Durst habe und weil ich still sein will.

Ich war es, sagt sie, ich habe dich gezwungen zu sprechen.

Du weißt, wie man das macht, sage ich.

Ja, sie macht es mit der Stimme, eine zweite Stimme, die loslöst.

Was fängst du mit meinen Geschichten an, frage ich.

Ich liebe sie, sagt sie. Es ist mein Beruf, die Männer zum Reden zu bringen, ich ziehe ihnen Mitteilungen aus dem Kopf. Bei dir höre ich zu, ohne einen Zweck zu verfolgen, ich höre zu und lerne, das Leben zu lieben, das auf deinem Gesicht geschrieben steht.

Du hast die Männer in der Hand, sage ich.

Deine Hand liebe ich, erwidert sie.

Ich gebe dir damit keine Kopfnuss, weil ich verblödet bin. Sie lacht.

Hol keine Geschichten mehr aus mir heraus, wenn ich sie schon nicht bei mir behalten kann, ist es besser, ich erzähle sie dir im wachen Zustand.

Morgen muss ich fort, sagt sie.

Morgen, sage ich, und was soll mir das? Hier ist das ganze Heute, das wir brauchen. Ich stehe auf, nehme sie auf meine Arme und lege sie hin.

»Halt mich fest, Gärtner, halt mich fest. Das ist alles, was ich brauche. Halt mich. Und frag mich nicht.«

Ich wüsste nicht mal, was.

Mach es wie mit Maria, sagt sie.

Und du mach es wie Laila.

Und nichts ist jetzt stark genug, um uns voneinander zu trennen.

Dann kommen die Tage ohne sie.

Im Garten erscheint Selim wegen der Mimosen und um ein bisschen über sein Dorf zu reden, wo man barfuß geht und darum gerne miteinander spricht.

Wenn du Schuhe anziehst, sprichst du nicht, so denkt er über uns. Wenn uns die nackte Fußsohle auf dem Erdboden fehlt, sind wir voneinander getrennt, sagt seine Zunge, in deren Innerem eine Gräte aus Silber stecken muss, um seine Stimme so klingend zu machen.

Das ist die Wahrheit, sage ich, es ist das reinste Amen:

Unsere ganze Geschichte ist ein Schuh, der uns vom Boden der Welt abtrennt. Das Haus, das Auto, das Buch ist Schuh. Weil ich so weit denke, muss ich lächeln: Was phantasierst du da, Gärtner?

Ich frage ihn, wo er wohnt, dabei überlege ich, dass ich ihn bei mir aufnehmen könnte. Er antwortet, er wohne in einem verlassenen Haus ohne Fenster und Türen, und das gefällt ihm.

Er sagt: Hier bei euch baut man mit Wasser aus der Erde. Ihr nehmt Wasser aus einem Brunnen, aus einer Quelle, aus einem Fluss. Bei uns baut man mit Wasser vom Himmel.

Wir sammeln es und wenn wir ein wenig haben, rühren wir mit diesem Wasser an. Unsere Häuser sind aus Regen gemacht, es sind eher Wolken als Häuser.

Und Selim lacht, er lacht über die Häuser der Welt.

Ich spüre Entfernung von Laila, nicht von der Erde. Über die bin ich immer gebeugt, mit den Händen in ihr.

Selim will bezahlen, er hat Geld verdient.

Lass gut sein, ohne dich wäre die Blüte immer noch hier, in einem abgeschlossenen Garten. Du aber bist der Stellvertreter des Windes, du streust sie weit umher, steckst sie den Frauen an die Brust. Ich wäre ein Ausbeuter, wenn ich mir einen Anteil auf den Wind nehmen würde. Bezahl uns einmal am Abend das Trinken, wenn es nichts Gelbes zum Schneiden mehr gibt.

Er begleitet mich zum Mittagstisch, verabschiedet sich damit von mir. Er geht nach Sizilien, wo jetzt die kleinen Tomaten geerntet werden, die Kirschtomaten.

Ich sage ihm, dass er der Erde folge.

Ich folge deiner Erde, sagt er lachend, die mit den Jahreszeiten geht, während meine stillsteht.

Zwischen den grauen Haaren hat er ein bisschen gelben Blütenstaub, die Mimose zeigt ihm ihre Zuneigung.

Und in der Hand hat er in einem Weinglas ein Rot zum Trinken und dazu das Weiß der Fingernägel, und überhaupt steht Selim die Gesellschaft von Farben gut. Ich glaube, das ist Eleganz.

Dann tunkt er das Brot ein und sagt: »Gute Zusammentreffen hat es gegeben, weil die Menschen weit übers Meer gefahren sind. Die Kartoffel aus Amerika hat das Öl der Oliven gefunden, und die Tomate ist auf dem Korn gelandet.«

Er kaut mit Genuss, ich denke an seinen dunklen, über das Rotgrün der Tomatenpflanzen gebeugten Rücken, an die Sonne, die er sich bald zehn Stunden am Tag und für die Hälfte des gerechten Lohns auf den Rücken laden wird. Und schließlich sage ich ihm, dass es eine Ehre für mich ist, mit ihm an einem Tisch zu sitzen.

Im Abendzug werde ich hin und her geschleudert, nach einem Nachmittag, der durch ein Glas zu viel beschwert wurde.

Zu Hause beiße ich in rohen Knoblauch zusammen mit Tomaten, und ein gekochtes und geschältes Ei leuchtet einen Moment lang in der hohlen Hand.

Bevor die Pupillen sich im Schlaf verdrehen, trage ich meine Gedanken zu Laila. Man isst knapp einen Löffel Salz mit einem Menschen, und schon liebt man. Eigentlich müsste man, bevor man sich einander anvertraut, einen Topf Salz zusammen essen.

Ich bin mit ihr zusammen wie in Argentinien, ohne den Tag danach. Bei ihren Umarmungen kehrt mir der Torf von der Insel Soledad in die Nase zurück.

Ich weiß nicht einmal, ob sie mich noch suchen, um mit mir abzurechnen wegen jener Jahre. Es sind keine Soldaten mehr an der Regierung, aber die Gesetze sind seltsam, und womöglich vergessen sie die geltenden Gesetze, einfach so aus Zerstreutheit.

Wer weiß, ob Maria eine Belohnung auf meine Hoden ausgesetzt hat oder ob es ihr genügt, mich zu verfluchen.

Ich kann nicht schlafen, ich stehe auf, um mir einen Kaffee zu machen und durch die Fenster zu sehen: Nach ein paar Kilometern, nicht mal zehn, kommt hinten das Meer.

Es ist auch Nacht, als ich Marias Insel verlasse und das Schiff besteige, um die Breitengrade der Rückkehr wieder hinaufzufahren.

Ich nehme nichts mit, nur das Geld, das ich gegen grauen Bernstein eingetauscht habe, den ich unter dem Schafsmist versteckt hatte, um seinen Moosbesatz zu verdecken.

Ich übergebe mich bei den ersten Wellen, das ist der ganze Abschied.

Wir fahren hinauf zum Bauch des Äquators, je näher man kommt, desto weniger Schatten wirft der Körper um die Mittagszeit.

Ich verbohre mich in einen abergläubischen Gedanken, dass wer keinen Schatten hat, auch keine Vergangenheit hat.

Zehn Tage lang stehe ich in der Sonne, um sie verschwinden zu sehen.

Bei der Linie des Ausgleichs zwischen Tag und Nacht fange ich neu an.

Die Seeleute feiern die Überfahrt über den nullten Breitengrad. Eine ausgelassene Nacht an Bord, das Meer schiebt mit langen Wellen vom Heck her, das Schiff beginnt, abwärts zu fahren.

Die Matrosen schwitzen Alkohol aus.

Ich bin ein Passagier, bleibe für mich allein. Aber ich breche einem von ihnen die Nase, der seine Geilheit bei dem Küchenjungen loswerden will, einem kreolischen Jungen von den Antillen.

Das war ein Fehler. Die Männer müssen ihrem Dämon überlassen werden, und es gibt Orte, die für Jungen ungeeignet sind. Und es gibt Nächte, in denen die Männer ohne Frauen es unter sich tun.

Der Junge flüchtet vor meinen Augen; der hinter ihm her ist, packt ihn, er schreit, nur ich bin in der Nähe und schon mische ich mich ein, der andere zieht ein Messer, ich weiß, was ich tun muss, ich halte seine Hand fest und stoße ihm den Ellenbogen ins Gesicht und der Mann fällt um wie ein Stein.

Also verbringe ich den Rest der Reise damit, tagsüber zu schlafen und nachts auf den Beinen zu sein, um nicht mit durchschnittener Kehle aufwachen zu müssen.

Am Tag darauf lasse ich ihm das Messer durch den Kapitän zurückgeben, der mich verwünscht und knurrt, ich soll mich nicht einmischen.

Ich stehe an einem Fenster auf der anderen Seite jener Welt und jener Reise, und doch brauche ich nur zu wissen, dass am Ende der geraden Linie in der Dunkelheit das Meer liegt, um wieder von der Schlaflosigkeit des Atlantiks zu schmecken.

Die ersten Nächte bleibe ich wach auf Deck, um das Weiß des Mondes auf der glatten Wasseroberfläche zu sehen. Wenn der Matrose vorhat, mir die Kehle durchzuschneiden, wartet er auf die Nächte ohne Mond.

Tagelang kreuze ich sein düsteres Gesicht, das eines gierigen Menschen, die Nase violett vom Blut, das aus den Gefäßen geflossen ist.

Ich gebe ihm zu verstehen, dass ich wachsam bin, dass ich ihn fürchte.

Das ist eine winzige Entschädigung, eine Genugtuung. Manchmal kann sie genügen.

Aus Dankbarkeit will der Junge mit mir zusammen sein. Nachts klopft er an meine Kabine, er bringt mir ein Stück Torte, einen gewürzten Kaffee. Es gibt Männer, die wegen solcher Jungen Verstand und Schamgefühl verlieren, ich kann das verstehen, aber nicht in der anderen Richtung, Jungen gegenüber älteren Männern.

Er erzählt mir, dass der Koch ihn in der Äquatornacht an den Matrosen verkauft hat. Und er sagt, dass niemand seinen Körper und sein Leben beschützt hat, seit er geboren ist. Dass er mir alles schuldet, auch Liebe.

Ich spüre bereits die Luft des Nordens. Es ist der Süden, mit dem ich zwanzig Jahre lang in Liebe, im Krieg und in der Flucht verbunden war. Es gibt ihn nicht mehr für mich, diesen Süden.

Ich sage ihm, dass seine Fürsorge mehr ist als das Dankeschön, das mir zusteht, und dass die Liebe nichts mit Schulden zu tun hat.

Er fragt, ob er mit mir kommen darf, wenn wir in England von Bord gehen.

Ich weiß nicht, wovon ich leben soll, ich weiß nichts mehr vom Norden, wie man sich durchschlägt, aber wenn er das Meer satthat, kann er mit mir kommen.

Er bittet darum, ein Ja zu hören. Ja.

Jetzt fällt mir ein, dass Laila und ich noch kein Ja oder Nein hinter uns haben. Und ohne die Jas und die Neins ist man kein Paar.

Nach hundert Breitengraden steigen wir dort aus, wo die Welt auf dem Kopf steht.

Der Zielhafen ist London, und wir finden uns zurecht. Ich arbeite in einer Tischlerei, er abends in einer Bar. Wenn er zurückkommt, schlafe ich, morgens steht er auf, um meinen Kaffee vorzubereiten, gemeinsam Guten Morgen zu sagen.

Sonntags spazieren wir in den Parks, hören Musik aus dem Süden.

Er fragt mich: »Wenn ich eine Frau wäre, würdest du mich heiraten?«

Manchmal kommt er abends nicht zurück. Er arbeitet

jetzt in einer besseren Bar. Er hat ein Angebot von einem Herrn, mit ihm zusammenzuleben.

Ich sage ihm, dass es Zeit für mich wird, wieder etwas in Italien anzufangen. An dem Abend meiner Abreise begleitet er mich zum Zug.

Zum letzten Mal wischt er mir ein wenig Sägemehl vom Kopf. Erst in diesem Moment merke ich, dass ich diese Fürsorge liebe, dass ich sie gestattet habe, indem ich den Mehlstaub von der Arbeit mit dem Holz an meinem Körper gelassen habe.

Ich lächle über mich, der ich an der Schale der Dinge haltmache und nicht einmal mein Einverständnis mit seiner Fürsorge begreife.

Mit dem Daumen macht er mir ein Kreuzzeichen auf die Stirn, sagt: »Finde Liebe für dich.«

Und du lass dich von den Männern respektieren. Du bist ein aufrichtiger Junge, hast schwarze Augen, die nichts verbergen können.

Wir sagen einander Lebewohl, und jeder von uns dreht sich um und mischt sich unter die Menge der Unbekannten, die alle Abschiede einhüllt.

Und jetzt denke ich, dass ich aufhören muss, Menschen zu verlieren.

Die Scheibe beschlägt, weil ich so lange hindurchsehe, und ich lehne die Stirn dagegen, an der Stelle, wo die Berührung seines Kreuzes ist, und von einem verlassenen Winkel der Welt aus wünsche ich ihm, nachdem mehr als ein Jahr vergangen ist, mit lauter Stimme eine Gute Nacht.

Tage ohne Laila vergehen.

Ich lese einen Brief aus Argentinien, von einem Freund, der seit Kurzem aus dem Gefängnis gekommen ist. Die Welt, die meiner Jahre im Süden, spuckt die letzten Zähne aus.

Er schreibt: »Ich muss jetzt lernen, geradeaus zu gehen, ich muss begreifen, dass die Füße davontragen.«

Die Welt bessert auf einer Seite ihre Schäden aus, und auf einer anderen schafft sie mit neuen Diktaturen Probleme.

Ich lese den Brief am Tisch im Wirtshaus zu Ende, falte ihn zusammen und schließe eine Weile die Augen.

»Was macht unser Mann, schläft er?«

Mimmos Stimme öffnet mir wieder die Augen. Willkommen, nein, ich schlafe nicht, ich bin in Gedanken bei diesem Brief. Ich reiche ihn Mimmo.

Er setzt sich, hinter ihm steht eine Frau, erst jetzt sehe ich sie, ich entschuldige mich, erhebe mich, stelle mich vor. Sie lächelt und legt ein wenig Mitgefühl in ihre Stimme.

Wir setzen uns an den Tisch, er liest, ich erkläre der Frau den Brief, ein Freund kehrt aus einem Gefängnis in Südamerika in die Freiheit zurück.

Gute Nachrichten, sagt sie.

Mimmo gibt mir den Brief zurück. Er fragt mich, warum ich Steine in den Weingarten lege, wozu ein holpriger Steinpfad zwischen den Weinreben gut sein soll.

Nicht, um darüber zu laufen, antworte ich. Die Steine speichern tagsüber Sonnenwärme und geben sie nachts wieder ab. Im Sommer nimmt diese Wärme die Feuchtigkeit der Nacht von den Trauben und lässt sie nicht verfaulen.

Wo ich das gelernt habe, fragt er.

In dem Argentinien meiner Jugend, von den alten Italienern damals, denen es gelang, in den Gärten von Buenos Aires Wein anzubauen. Jetzt gibt es keine alten Italiener mehr, auch keine neuen. Jetzt sind dort alle Argentinier.

Ein alter Mann, ein Großvater ohne Enkel, ist mein Lehrer. Er lebt in Argentinien, seit sie ihm im Apennin den Eichenwald gerodet haben, um daraus Eisenbahnschwellen zu machen. Er flieht aus einer Welt, die auf den Bergen die Jahrhunderte auslöscht, um sie unter die Räder der Eisenbahn zu legen.

Er hört, dass der gerodete Wald nachts zu den Sternen nach Rache schreit. Als der Kessel der Lokomotive explodiert, werden die Anarchisten beschuldigt. Er flieht aus dieser Welt. Er nimmt einen kleinen Mörser aus Sandstein und den Stößel aus Buchenholz mit, um Pesto zu machen, außerdem Basilikumsamen und ein kleines Bündel Weinreben der Sorte Erbaluce, aus dem im feuchten Klima des Palermo-Viertels von Buenos Aires eine Pergola werden soll.

Die Frau hört mir aufmerksam zu. Für sie müssen das Märchen sein. Auch Mimmo ist gerne still.

So erzähle ich weiter. Großvater bringt mir bei, wie man ein Schwein zerlegt. Er salzt es auf einem alten Brett aus Weidenholz, tut, wo nötig, Knoblauch, Pfeffer, Wein dazu. Und sofort nachdem das Tier geschlachtet ist, fängt er das warme Blut auf und brät es, schäumend, und isst es, um

Kraft für die Arbeit zu haben, die am selben Tag noch getan werden muss.

Das ist ihr widerlich. Ich sage es ihr nicht, aber auch ich schaffe es nicht, das Zeug herunterzuschlucken. Niemand kann das mehr. Doch wenn du einen Platz unter den Alten haben willst, musst du etwas von ihren Gebräuchen, von ihrer Jugend nachmachen, und sei es auch nur ein Tanzschritt an einem Festtag, wenn du es durchaus nicht schaffst, dein Brot in ihre Suppe zu tunken.

Das sage ich der Frau nicht und bin still. Sie blickt auf meine Stirn und sagt: weiter.

Ich erinnere mich, dass Großvater von indischen Frauen erzählte, die, wenn sich ein Sturmwind erhebt, mit nackten Brüsten nach draußen gehen, um ihn aufzuhalten.

Ich erinnere mich, dass Großvater sich das erste Veilchen, das nach dem Winter hervorkam, auf die Lider strich. Mehr sage ich nicht.

Mimmo erzählt mir von sich.

Er kommt von einer Reise, die ihn an einer der Grenzlinien des Krieges zwischen Kroaten und Serben entlangführte. In ein winziges Dorf an der Front haben zwei Italiener, kein Mensch weiß, wie, einen Ofen zum Brotbacken gebracht, eine schöne Maschine.

Manche unserer Landsleute schaffen es, sich überall einzuschleichen, sagt er. »Ich begegne einem alten Kroaten, der lange Zeit Arbeiter in Österreich war. Er ist so, wie es bei uns damals auch welche gab, einer von denen, die eine Maschine reparieren können, indem sie das fehlende Ersatzteil selbst bauen, und dann wissen solche Leute auch noch, wie man Käse macht und ein Haus baut und Wein erzeugt.«

Die Frau schweigt großzügig, sie stützt das Kinn auf die Fäuste, und allein so ermuntert sie schon zum Reden. Sie bietet ihr Zuhören an, Entschlossenheit und Zeit.

Ich betrachte sie ein wenig, während Mimmo sagt: »Acht Kinder, das letzte auf dem eigenen Feld vor dem Haus in den Kopf geschossen, ein Schuss, der die Haare versengt hat, aus der Nähe abgegeben.«

Der alte Mann erzählt ihm, wie verführerisch der Krieg am Anfang sein kann. Schulden, Diebstähle, Darlehen, Verträge, der Krieg verbrennt alle Dokumente. Für manche ist er wie eine Amnestie, für andere eine Gelegenheit, Rache zu nehmen.

Dann fangen die Häuser an zu brennen mit den Kindern, die darin sind, und alle müssen bezahlen.

Vier Jahre hat der Krieg in dem kleinen Dorf gedauert. Der Weinberg, den er angelegt hat, ist noch voller Minen, und im Sommer platzen die Reben wie die Euter von Kühen, die nicht gemolken werden. Die Wespen werden davon betrunken.

Im Winter betet er zum Schnee, er möge die Erde begraben, und dann betet er zum Eis, es möge den Schnee hart machen, damit er darüber gehen und die Weinstöcke beschneiden kann.

Die Felder ringsum liegen brach, die Minen warten auf Schritte.

Wie wachsen die Kinder auf mit so viel verbotenem Land

um sie herum, fragt die Frau, doch ohne eine Antwort zu wollen.

Mimmo lässt ein wenig leeren Raum nach der Stimme der Frau, um sie in das Gespräch aufzunehmen.

Er antwortet, dass die Frauen ihre Kinder festbinden, wenn sie ausgehen und sie allein lassen müssen.

Die Frau weiß von mir, von Argentinien, etwas, was Mimmo erzählt hat. Sie ist jung, doch kein junges Mädchen mehr, und auf diese Frage will sie eine Antwort: ob ich glaube, nützlich gewesen zu sein.

Das ist ein praktisches Adjektiv, es gefällt mir, so wie sie es sagt, aber es betrifft mich nicht. »Man ist auch in einem Krieg, weil man sich schämt, unbeteiligt zu bleiben. Und dann wirst du von einer Trauer gepackt, und sie zwingt dich, weiterzumachen und aus Wut Soldat zu sein.«

Ich würde gerne mehr darüber wissen, sagt sie.

Ich kann nur kurz angebunden darüber sprechen, ohne die Fragen nach dem Warum zu befriedigen. Ich spüre, dass sie nicht mir zustehen, sondern einem, der nach mir kommt, der, wenn er will, aus Neugier und Mitleid nach ihnen suchen gehen mag. Beides fehlt mir.

»Ich verstehe nicht, dass Sie keine Gründe für Ihre Geschichte wollen. Es scheint mir so viel wert, eine Geschichte zu haben, dass es Verschwendung wäre, auf die Gründe zu verzichten.«

Ich verzichte darauf, weil die Ursachen angesichts so großer Verluste an Menschenleben wie eine Rechtfertigung klingen, sie beanspruchen Milderungsgründe. Ich kann nichts abmildern.

»Ihr macht euch schuldig. Ich kenne noch jemanden von euren Leuten, der gekämpft hat und nicht mehr spricht, keine Antworten gibt. Ihr versteckt die Gründe in euch.«

So ist es, sage ich, um sie nicht allein zu lassen, während Mimmo der Anflug von Vorwurf in ihrer Stimme leidtut. So ist es, wir können vor einer Frage nicht bestehen. Wir sind das Überbleibsel einer Antwort. Wir, sage ich und weiß nicht, wen dieses Wir umfassen soll.

Ich schlucke Speichel in der Kehle und ertränke die Stimme darin.

Mimmo greift ein, um mir zu helfen, er sagt, ein wenig Erklärung hätte ich geliefert.

Nein, Mimmo, die ist unbefriedigend für sie, die genügt nur mir. Und ihr sage ich, dass ich ihr etwas schuldig bleibe. Und ich führe das Glas zum Schluck, leere es langsam und trockne mir den Mund ab, und das soll bedeuten, dass das Gespräch für mich beendet ist.

Wir stehen auf, geben uns die Hand.

Nachmittags muss ich die Baumstämme mit Kalkmilch streichen. Darum sage ich Mimmo, dass heute Nacht der Mond scheint und dass er, wenn er aus dem Fenster guckt, einen Wald von Gespenstern sehen wird.

Ich verbringe Tage mit Arbeit in einem anderen Garten. Ich muss einen mit rohen und schweren Steinen gepflasterten Weg umgraben, die Erde ans Licht bringen und sie bearbeiten, damit man sie bepflanzen kann. Nur hundert Quadratmeter, doch die Steine sind fest verlegt und auf einer Zementplatte und einem Metallgitter verankert.

Ich muss die Platte mit einem Eisenhammer Stück für Stück zerschlagen. Ich schwitze, scheuere mir Handknöchel und Finger auf, aus dem Körper tritt Salz.

Ich tröste mich mit Äpfeln und einem scharfen Käse.

Die Erde unter der Kruste des Plattenweges ist ausgelöscht, von der Dunkelheit zermürbt. Sie ist ausgetrocknet vom Kalk.

Sie braucht Sauerstoff und Licht. Das Salz, das sie aufgenommen hat, muss mit säurehaltiger Komposterde ausgeglichen werden.

Erst einmal schlage ich tagelang mit dem Eisenhammer zu, und der Griff aus Eschenholz vibriert bei jedem Aufprall.

Wenn ich in einen regelmäßigen Rhythmus komme, schaffe ich es sogar, mich selbst außerhalb meines Körpers heimlich zu beobachten.

Im Körper aber spüre ich die Schläge und das Schnauben von der Anstrengung, ein Einatmen, wenn ich das Eisen hochhebe, ein Ausatmen, wenn ich es auf den Stein fallen lasse.

Der kleine Blasebalg des Körpers unterteilt die Bewegung in fünf Takte: zwei für das Hochheben des Eisenhammers, einer in der Luft schwebend, zwei für das Herabfallen auf den Boden.

Von außen sehe ich einen fünfzigjährigen Mann, der an das Tor der Erde schlägt, um es einzureißen, um eine Bresche in ihren verschlossenen Schoß zu schlagen.

In einer Ecke häufe ich um Zementblöcke gewickeltes Alteisen auf, dann lade ich es auf einen Lastwagen, der es wegbringt.

Schließlich stehe ich vor der abgedeckten Erde.

Sie ist grau, ich breche sie um, mische Pferdemist darunter und Erdschollen aus der Umgebung von Kastanienbäumen.

Ich ziehe Furchen und breite die Erde unter der Sonne des Spätwinters aus, die sie in ihre Arme nimmt und gären lässt.

Tagelang nur das, abends zerquetsche ich rohe Tomaten und Oregano über dem Nudelsieb und knabbere Knoblauchzehen vor einem russischen Buch. Es nimmt mir die Schwere aus dem Körper.

Das müssen Bücher tun, einen Menschen tragen, anstatt sich von ihm tragen zu lassen, ihm den Tag vom Rücken abladen, anstatt seine Wirbelsäule mit ihren Gramm Papiergewicht zusätzlich zu belasten.

Am Ende des Abends ist Laila ein Hauch in meinem Atem voller Knoblauch am Rand des Schlafs.

Ich denke auch an Selim, der bei jedem Abschied des Tages betet. Es gibt eine Demut, die einen Mann größer macht.

Ich kehre zu meiner Arbeit in Mimmos Garten zurück. Ich finde einen Zettel von ihm, eine Frau ist gekommen, um mich zu suchen, und er hat energisch darauf bestehen müssen, dass er ihr meine Adresse nicht geben wollte.

Das ist Laila, ich beschließe, sie noch am Abend anzurufen. Doch sie kommt mittags hitzig in die Trattoria, halb wütend, halb glückstrahlend, aufgelöste Strähnen vor Kurzem gewaschener, vielleicht noch nasser Haare.

Sie pustet mir Worte ins Gesicht, es kitzelt an den Augenrändern. Du lachst auch noch? Sie protestiert und lächelt dann.

Sie will sich nicht setzen, darum bleibe ich auch stehen, seit zwei Tagen sucht sie mich, ist aufgebracht und fröhlich, sie würde mir am liebsten Tritte und Küsse verpassen, sagt sie, beißt ruckweise von einem Stück Brot ab, das ist nicht meine Hand, sage ich.

Du wirst schon sehen, was ich mit deiner Hand mache und mit dem Rest, wenn keine Zuschauer da sind. Und sie beschimpft mich und schluckt, und dann dreht sie sich zum Gehen um und befiehlt mir eine Einladung, ich soll nach der Arbeit zu ihr kommen, ohne vorher zu mir nach Hause zu fahren, und damit geht sie, und ich setze mich und habe vor Übelkeit einen Krampf im Magen, ich weiß, mein Körper liebt diese Frau, er warnt mich mit schmerzhaften Stichen und ruft.

Ich muss seinen Eselsschreien gehorchen, das bin ich ihm schuldig, auch wenn ich mich hinter seinen Schritten herschleppe.

Ich streiche mir mit der rauen Innenseite meiner Hand über das Gesicht, spreche mit meinem Körper: Wir sind nicht derselbe, du bist ein altes Knochengerüst, ich bin der letzte deiner Bewohner und langsam.

Du bäumst dich auf wie die Eselin unter Bileam angesichts des ersten Engels. Im Unterschied zu ihr bin ich nicht dein Herr und erhebe nicht den Stock, um dich zum Weitergehen zu zwingen.

Ich schulde es dir wegen der Last, die dir aufgebürdet ist, und wegen des Risikos, und weil es außerdem niemals zu dir passte, etwas aufzugeben, statt Geduld mit mir zu haben.

Ich nehme meine Hand vom Gesicht und stecke sie in die Öffnung der Speiseröhre, um Einverständnis zu besiegeln. Der Körper liebt Laila, also tue ich es auch.

Damit beruhigt sich der Nerv, der bei ihrer Ankunft hochgeschnellt war, durch ihre Stimme und ihr plötzliches, duftendes Erscheinen.

Zu Hause bei Laila herrscht Fröhlichkeit, sie hat sogar Blumen angezogen.

Welchen Dünger nimmst du, dass sie so schön werden, frage ich und berühre eine der Blumen, die auf ihr Kleid gemalt sind.

Du bist der Gärtner, rate mal.

Ich muss den Boden ein wenig von unten auflockern und an den Blumen riechen, und ich schiebe meine Finger zwischen die Haut und den Stoff am Ausschnitt. Ist das der Trick, ein geblümtes Kleid anziehen, um Bienen und Gärtner anzulocken?

Ich ziehe den Finger zurück und puste drauf, tue so, als ob ich mich verbrannt hätte. Und wir beginnen mit einem Scherz, bevor wir uns in Umarmungen verlieren.

Junge Leute machen bei der Liebe ein versunkenes und konzentriertes Gesicht, die Älteren nehmen sie mehr wie ein Spiel und lassen sich das Blut vom Lachen erwärmen. Lachen ermuntert.

Das Wasser kocht, aber wir werfen die Nudeln nicht hinein.

Als wir in die Küche zurückkommen, harrt auf der Herdflamme noch ein Rest von sehr salzigem Wasser aus. Jetzt ist es das Wasser aus dem Toten Meer, sagt sie.

Wir haben Appetit, braten sechs Eier und reiben die Pfanne gemeinsam, einander gegenübersitzend, mit unserem Brot aus, sie mit der Brotkrume, ich mit der Kruste.

Sie isst mehr, ich kann nicht schnell herunterschlucken.

Ich gieße etwas von ihrem Wein ein, ein französischer, einer von denen, die den Gaumen zum Niederknien bringen. Ich habe keine Zunge für solche Köstlichkeiten, sie ja, und sie dreht ihn im Mund herum und spart ihn sich auf, ich stürze das halbe Glas rasch herunter.

Mit diesem Hin und Her im Mund wirst du ihn am Ende ausspucken, sie fährt vor Lachen zusammen, während sie schluckt, und der Schluck gerät ihr in den falschen Hals, und sie spuckt ihn wirklich aus und schlägt mir mit der Faust auf den Arm, und dann röchelt sie, rot angelaufen, wütend.

Spiegeleier sind mein Essen aus der Zeit, als ich ein Junge war, der von zu Hause weggegangen ist, sie sind die Entdeckung, kochen zu können: Spiegeleier die ersten Monate lang.

Die Pfanne wegstellen können, ohne sie abzuwaschen, denn sie ist ganz sauber ausgekratzt von den Brotscheiben.

Sprich du Laila, lass mich keine Geschichten mehr erzählen.

»Ich war Zahnärztin, ich habe eine gute Hand dafür. Ich erkenne die Launen einer Wurzel auch ohne Röntgenaufnahme. Ich halte sie in der Zange und weiß, auf welcher Seite ich die Drehung ansetzen muss, um sie in der Gegenrichtung herauszuziehen.

Ich betrachte den Ansatz ihrer Hand, begreife die Geschicklichkeit und den zupackenden Griff, eine Kraft, die eher im Handrücken als in der Handfläche steckt. Hände verstehe ich besser als Gesichter.

Sie ist keine Zahnärztin mehr. Eines Tages schneidet sie aus Versehen unter einem Eckzahn in die Gaumenarterie, der Mund des Mannes füllt sich innerhalb weniger Sekunden mit Blut. Es gelingt ihr, die Blutung zu stillen, den Schnitt zu heilen, dann gibt sie den Beruf auf. Es ist nur ein Unfall, mit glücklichem Ausgang, aber sie hört trotzdem auf.

Ich frage, ob mein Mund bei guter Gesundheit ist.

Ja, sagt sie, deiner ist voller Luft, ein dunkler Keller, eine Höhle aus Tuffstein, es ist still darin.

In der Zunge spüre ich den Korken, und die Zähne sind vom Beißen, vom Brot abgewetzte kleine Kieselsteine.

Es gibt eine große Vielfalt an Mündern, sagt sie, Regenrinnenmünder, durch die Speichel und Geschwätz rauschen, Beutelmünder, die immerzu ein schlafendes Tierjunges mit sich herumtragen, Münder wie ein verschlossener, nie verschickter Umschlag.

Sie spricht ohne die Hände, nur Lippen.

Sie fragt, ob ich auch im Sommer bei der Arbeit ein

Hemd trage, denn der Abdruck der Sonne auf dem Körper endet am Halskragen.

Ja, sage ich, ein Arbeiter hat gebräunte Haut auf dem Gesicht, dem Nacken, den Händen: Alles andere sind Sommerferien.

Sie lacht, ich verstehe nicht, worüber.

Sie hat einen Schnurrbart aus Eiresten, den ich ihr mit dem Daumen abtrockne. Sie drückt mit dem Mund dagegen, um wieder anzufangen.

Unsere nackten Füße reiben sich aneinander unter dem Tisch. Wir sind Liebende, die sich an den Füßen halten anstatt an der Hand.

Wir greifen wieder nacheinander. Ich bin kaum angespannt, sie ist durchsichtig und klar, es gibt keinen einzigen trüben Schatten in ihren Zärtlichkeiten, ein Schirokko, der gegen eine ganze, im Freien aufgehängte Wäscheladung schlägt.

Die Frauen vom Gewerbe haben ein Repertoire, und wenn sie lieben, vermeiden sie es und gehen den sattsam bekannten Gesten aus dem Weg, ohne auf sie hereinzufallen, sie weichen ihnen schwungvoll aus. Inmitten von Verzichten, von Verboten, es wie vorgeschrieben zu machen, erfinden sie die Liebe neu.

In Lailas Hand ist Liebe die jungfräulichste Körperlichkeit, sie sucht sie, indem sie mich mit ihrem Atem beim Namen ruft, indem sie mich nach draußen in ihren offenen Raum holt.

Schließlich zieht ihre Überfülle an Umarmungen mir

das Blut zusammen, und sie gibt sich mit dem letzten Rest zufrieden, der mir übrig bleibt.

Sie sagt, es sei schöner für sie, wenn ich müde bin.

Und ich begreife noch einmal, dass ich diese Frau liebe und dass diese Liebe das Recht hat, die letzte für mich zu sein.

Es ist Nacht und unsere Füße treffen sich wieder. Der übrige Körper hat sich vom anderen getrennt.

Ich denke an eine Insel, auf der man barfuß läuft, an eine Insel nach Laila, wenn es richtig sein wird, das Festland zu verlassen.

Ich brauche eine Insel nach ihr, nachdem meine Füße sich von ihren gelöst haben.

»An was denkst du«, fragt sie, und sie hört es mich sagen.

An eine Insel, an Wellen, die gegen Klippen schlagen, an einen Wind, der die Bäume in die Höhe wachsen lässt, an Wasser in einem Brunnen, an eine Regenrinne, die ihm das Regenwasser zuführt. Ich denke an den Schluckauf einer Winde über dem Brunnen und an das murmelnde Geräusch, das das Wasser auf dem Grund macht, und an die friedliche Gewissheit, einen Vorrat davon zu haben.

Dann erfinde ich Dinge, von denen ich sagen kann: Ich denke an.

Du hast eine gute Vorstellungsgabe, sagt sie.

Ja, die eines Mannes, der sich ohne Spiegel rasiert.

Laila hört mir zu und ist so nahe an meinem Ohr, dass sie uns auf die Inseln hinüberpustet.

Ich sage nur eines nicht, dass es ein Ort für die Zeit nach ihr ist. Man geht in die Liebe hinein, ohne an Rückkehr zu denken, und hinterher findet man sich in dem Zimmer von früher nicht mehr zurecht.

»An den Dingen, die du sagst, gefällt mir deine seltsame Genauigkeit. Ich frage dich, woran du denkst, und du tischst eine Insel auf, einen Brunnen und tust sogar eine Regenrinne dazu. Es rührt mich, wenn ich dich in Verwirrung sehe. Ich glaube, das ist eine Iswestija von Liebe, ein Zeichen von Liebe«, und sie verbessert sich wie ihre russische Großmutter, die auch imstande war, mehrere Sprachen in einem Satz zu vermischen.

Auch ich bemerke Zeichen von Liebe. Mein Körper behält Worte von Laila bei sich, jene Worte über die ausgerechnet an meiner Müdigkeit ergriffene Lust, und er jubelt vor Dankbarkeit. Das ist ein Zeichen von Liebe.

Morgen muss ich mit dir reden, sagt sie.

Jetzt geht es auch. Nein, morgen, jetzt ist es spät, doch morgen Abend ja, ohne Umarmungen, nur einen Moment lang ernst reden.

Ja, einen Moment lang, sage ich, denn wenn du nicht lachst, werde ich krank. Die Füße reiben sich gegenseitig einen Gruß zur Guten Nacht.

Im Garten verbrenne ich die abgeschnittenen Zweige des Lorbeerbaumes, ein Duft, der einen auffordert, die Augen zu schließen.

Hinter dem Tor taucht wieder das Kohlenhändlergesicht von Selim auf. Ich lade ihn in den Schuppen ein, du bist der

Geist des Kaffees, sage ich zu ihm, du erscheinst, wenn ich ihn gerade aufs Feuer stellen will.

»Ich rieche ihn kilometerweit, bevor du Lust darauf bekommst«, sagt er ernsthaft.

Wir setzen uns, ich frage ihn nach der Ernte. Gut war die Arbeit, aber die Hälfte des Lohnes haben die Messer gestohlen, nur eine Hälfte nach Hause geschickt. Mit Messern, sie waren zu viert, sodass sie, wenn sie das Wenige untereinander aufteilen, nicht mal einen Samstagabend herausholen.

Wer bestiehlt einen Arbeiter, frage ich.

Jugendliche ohne Not, sagt er.

Schlimm?

Was man spürt, wenn man sich schämt, es ist keine Wunde, sagt er.

Dann trinkt Selim den Kaffee mit mir, vor dem brennenden Gestrüpp sitzend.

Mit einem übrig gebliebenen Zweig rührt er an einer Ecke im Feuer. »Die Asche sagt, dass du weggehen musst.«

Er sagt es so leise, dass ich ihn nur deshalb höre, weil eine trockene Stille voller Rauch herrscht.

Ich betrachte die aufgerührte Glut, die mit einem Geflüster aus glimmenden Lichtern wispert. Sie ist wie Lailas Stimme, doch statt mich zum Sprechen zu bringen, will sie, dass man ihr zuhört.

Ich verspüre einen Anflug von Widerwillen gegen dieses Horoskop aus Erde, aus einem gesenkten, dunklen Blick.

Ich schlucke, sage nur, dass ich keinen Ort habe, wo ich hinmuss, hier verfolgt mich niemand und niemand, wartet woanders auf mich.

»Du musst gehen.«

Ich gehe nicht mehr weg, jetzt ist mein Verb bleiben, und außerdem gibt es eine Frau, die ich lieben muss.

»Die Asche sieht Blut, auch dein vergossenes daneben. Die Asche sagt nichts von Liebe.«

Die Asche weiß nichts von meinen Angelegenheiten.

Selim wühlt an einer anderen Stelle, dreht etwas herum, breitet aus, blickt mir ins Gesicht und sagt mit einer Ader, die ihm die ganze Stirn ausfüllt: »Ich auch.«

Ich weiß nicht, in was aus meinem Leben er sich einmischt, aber ich glaube ihm. Ich denke an irgendeine Stunde aus seiner Vergangenheit, die vielleicht einer von meinen gleicht, wenn das so ist, dann ist unsere Freundschaft noch begründeter.

»Nicht nur das. Wir haben auch eine gleiche Stunde vor uns«, und seine Stimme verstummt mit der letzten Flamme der brennenden Zweige.

Sag nichts, Selim, halten wir uns lieber an ein paar weitere unserer gemeinsamen Kaffees in der Zukunft, und lassen wir die Asche Asche sein. Wenn sie etwas gegen mich hat, dann ist es, weil sie bis vor Kurzem noch grüne und lebendige Faser war.

»Du hegst die Bäume, und sie lieben dich. Dies sind ihre Worte für dich, ihre letzten.«

»Kennst du einen Mann, Selim, der auf eine Warnung von Bäumen hin fortgeht?«

Du kennst ihn, sagt er, und ich bin das, wegen der Asche eines Geiernestes bin ich weggegangen.

Ich dagegen bin der Letzte, der geht, ich bin der, der den Tisch abräumt und die Tür abschließt.

Es gibt viele Zeichen, sagt er, sie kommen mit Blättern, Vögeln, Wassertropfen. Die Asche ist die letzte Warnung.

Ich bin still, trinke die Tasse aus.

Selims Stimme ist friedlich, sie kommt schon aus einem Später, aus einer Zeit, die auf diejenige folgt, in der wir uns jetzt befinden. Er riecht ein wenig in den Wind und den Rauch und sagt: »Wir sind Freunde, làzima kuwa rafiki, wir müssen Freunde sein.« Er rührt in der Asche, löscht die Zeichen.

Du seltsamer Heiliger aus Afrika, denke ich, kommst, deine Weisheit einem Wilden aus Europa weiterzugeben, einem, der den Mond auf dem Kalender verfolgt und die Wolken anhand des Wetterberichts im Radio und der kein einziges Wort ohne ein Alphabet lesen kann.

Ist das Leben wirklich so fein abgestimmt, so klar in einer Partitur ausgebreitet, dass man mit Vorzeichen, mit Kontrapunkten warnen kann? Gut für mich, dass ich nichts rechtzeitig weiß. Denn man braucht deine Geduld, um das Wissen auszuhaken. Man braucht deine breite Nase, Zähne, die sich zum Lachen zeigen, die Stirn vom Schweiß verrostet, dein schwieliges Grau ist dafür nötig, nicht meine Hautfarbe wie eine Eierschale.

Selim trinkt die Tasse aus und brummt seine Segenssprüche.

»Du kennst dich mit der Asche und mit dem Himmel aus, was weißt du noch alles, Selim?«

Ich blase nur ein wenig Dank nach oben, sagt er.

Ich lasse Atem aufsteigen, der sich mit den Wolken verbindet und zu Regen wird. Ein Mensch betet, und so häuft er mehr Masse im Himmel auf. Die Wolken sind voll mit Atem von Gebeten.

Ich schaue nach oben, sie kommen vom Meer. Ich sage: Meine Güte, was die in Sardinien viel beten.

Und er lacht mit mir und sagt, dass es gut ist zu lachen und dass der Glauben nach dem Lachen kommt, eher als nach dem Weinen.

Dann steht er auf, ich fühle auf dem Grund meines leeren, vom Kaffee aufgeregten Magens, ein Knurren der Zärtlichkeit für Laila, die über meine fünfzig Jahre gekommen ist wie ein Stein auf ein Vogelnest.

Seit einem Tag war ich nicht mehr zu Hause, denke ich, während ich die Kaffeemaschine sauber mache.

Du überspringst bei der Arbeit eine Schicht, und es gibt kein Zuhause mehr. So verpasse ich in Argentinien eine Verabredung und bin gerettet; als ich ankomme, bringen sie gerade die Familie weg, die den letzten Unterschlupf bot. Ich bleibe in dem Autobus sitzen, den die Soldaten angehalten haben, während meine letzten Freunde in einem Lastwagen verschwinden.

Nichts kann mich die Asche lehren, Selim, die Asche bin ich.

Selim bindet einen kleinen Strauß aus Rosmarin- und Thymianzweigen zusammen. Er will versuchen, sie den Restaurants anzubieten. Jetzt wo sie blühen, kann man sie statt der kleinen Blumentöpfe auf die Tische stellen.

Er ist der Ansicht, dass der Handel Waren braucht, nach

denen noch nicht verlangt wird, und man muss die Nachfrage erst erfinden. So hat er den Eindruck, etwas ganz Neues anzubieten.

Wie ihm eine Idee kommt, frage ich.

»Ich schaue mir die Gärten an. Es gibt viele Auskünfte in den Gärten. Aber es gibt wenig Gärtner«, und er lächelt, dass seine Zähne sich entblößen.

Und ich denke, dass das Wichtigste in seinem und meinem Alter ist, dafür zu sorgen, dass das Lächeln gut gewartet wird.

Ich streue die Asche auf die Erde, die ich um die neu eingepflanzte Steineiche herum aufgelockert habe. Unwillkürlich spreche ich ein paar Worte mit ihr, streichle ihren noch schwachen Stamm. Auf einem ihrer Äste sitzt schon ein Rotkehlchen.

Die Stimme von Selim, der sich vom Gartentor aus verabschiedet, erreicht mich von hinten, zusammen mit der Sonne, die schon den Rücken erwärmt, darum knöpfe ich mir das Hemd aus rotem Flanell am Kragen auf und krempele die Ärmel hoch.

Ich trage es seit zwei Tagen, es ist von meinem Geruch getränkt wie das Buch, das ich in der Tasche des Arbeitsanzugs trage.

In der Trattoria sitze ich auf dem üblichen Platz, von dem aus man den Eingang beobachten kann.

Zum ersten Mal hebe ich jedes Mal die Augen, wenn jemand hereinkommt.

Selims Mitteilung, die Warnung in der Asche, ist mir doch etwas unter die Haut gegangen.

Der erste Beweis ist, dass ich mich umschaue. Und das gefällt mir nicht, und ich muss aufpassen, dass mein Körper nicht zu zittern beginnt.

Durch ein Zusammenkneifen der Augenlider packt mich wieder ein Stückchen Argentinien, ein paar schnelle Blicke, eine schwere Jacke, und ein warmer Hauch geht mir durch die Nase. Und die Hand macht eine vergessene Geste, und ich merke, dass sie an die Stelle gefahren ist, wo vorher die Waffe meiner Jahre im Süden war, und die sie leer zurückgelassen hat, und bevor ich meine Nerven wieder in der Gewalt habe, spüre ich ein vergebliches Herumfuchteln auf der Suche nach einem verlorenen Gegenstand.

Und ich brauche ein wenig Zeit, bis ich tief einatme, um Abstand zu gewinnen.

Der Wirt kommt zu mir und setzt sich, er hat einen selbst gemachten Nusslikör, schenkt mir davon ein.

»Woran denkst du, Mann? An eine Frau?«, nein, sage ich und spüre, wie der Krampf in den Augenlidern sich löst und ein kleines Lächeln sich ausbreitet. Ich denke an ein Land im Süden, an die vielen Jahre dort unten.

»Du hast noch nicht richtig begriffen, dass du zurückgekehrt bist, stimmt's?«

Hier bei dir schon, antworte ich, hier bei dir fühlt man sich wie in einem Haus von früher, wo allen aufgemacht werden kann. Gibt es etwas zu feiern, frage ich.

»Ja«, sagt er, »eine Art Geburtstag. Heute vor vielen Jahren bin ich aus dem Gefängnis gekommen.«

Ich berühre das Glas mit meinem: Herzlich willkommen draußen, sage ich und er: Herzlich willkommen zu Hause.

Ich schütte mir den Nusslikör in die Kehle, und auf der ansteigenden Straße, die zum Garten führt, setze ich beim Gehen die Ferse fester auf, und Argentinien verschwindet aus meinen Gedanken.

Am Ende des Arbeitstages ist es noch hell. Laila wartet am Gartentor auf mich. Sie will nicht in einem geschlossenen Raum reden, wir fahren ans Meer.

Auf dem Pfad, der von der Stelle, wo wir das Auto parken, zum Strand führt, beginnen die Glyzinien zu blühen.

Ich ziehe mir die Schuhe aus, achte beim Gehen mehr auf den Boden als auf die ersten Worte von Laila.

Wir setzen uns auf Steine, das Licht kommt aus einem engen Winkel, der sich immer mehr zusammenzieht und weit fort ruft von den angestrengten Worten.

Ich höre ihr zu und denke an den Lärm von Soldaten, die auf der Suche nach mir die Felsen durchkämmen. Ich weiß, dass ich gezwungen bin, meine Deckung zu verlassen.

Laila spricht von einem Mann, der umgebracht werden muss, weil man sonst von ihm umgebracht wird.

Ihr Gewerbe, die Männer zum Sprechen zu bringen, ist an einem Punkt angekommen, wo sie sich entscheiden muss. »Die letzte Reise ist mir sehr schwer gefallen. Ich musste mich furchtbar anstrengen, sie zu Ende zu bringen, es ist mir nicht gelungen, ich hatte den Abdruck deiner Hände am Körper, überall. Ich habe Tage gebraucht, Ekel, Sehnsucht empfunden, und jetzt weiß ich, dass Schluss ist.

Ich kann nicht mehr. Er hat es begriffen, er überwacht mich, bedrängt mich mit einer nächsten Verabredung, und ich versuche Zeit zu gewinnen, aber ich habe keine. Man tritt von einem solchen Gewerbe nicht zurück. Wenn du es nicht mehr machen kannst, fliehst du oder stirbst.«

Ich höre nicht richtig zu, ich denke an Dvora, das Mädchen aus Buenos Aires, dem ich bis dorthin gefolgt bin, an unsere guten Jahre, an die Sonntage, an denen ich sie wecke, indem ich ihr einen Tropfen Jasmin unter die Nase halte, um sie im Schlaf lächeln zu sehen. Und währenddessen marschieren Menschenmengen mit Fahnen unten auf der Straße vorbei, und von unserem Balkon aus wirken sie wie eine Hand voll Weintrauben, ihre Köpfe die Beeren, und anfangs kommt es uns gar nicht in den Sinn, dass diese Menge zu uns gehört und für uns dort auf dem Balkon das Ständchen ihrer Beweggründe singt.

Sie läuft unten vorbei, und wir bleiben auf dem Balkon, was auch eine Form des Mitgehens ist.

Und aus der Tiefe macht jemand ein Zeichen, wir sollen herunterkommen, und ich würde ihnen allen gerne ein Zeichen machen, sie sollen heraufkommen, als Erwiderung, und einstweilen grüße ich sie mit den Augen und merke nicht, dass Dvora auf die Straße hinuntergegangen ist, und sie winkt mir und weist mir den Weg und ich also auch. Und ein Jahr ist schon genug, und der Unglückstag kommt, an dem sie sie in ein Auto zerren und sie mir mit Gewalt entreißen, und ich bleibe auf der Straße zurück, gekrümmt unter Schluchzern wie ein schief eingeschlagener Nagel. Ich bleibe ungeschoren, werde wegen des Grüns eines italienischen Passes in der Tasche vom Tod für untauglich erklärt. »Wohin habe ich dich gebracht, mein *novio*, hier bringen sie uns alle um.«

Und die Augen werden trüb, und ich streiche ihr mit dem Finger über die Wimpern und sage zu ihr: »Na, was soll denn so ein trauriges Gesicht?« Und das sind die letzten Worte und die letzte Zärtlichkeit an der Haustür, bevor wir vom Tod getrennt werden.

Ich ziehe aus der Wohnung unserer Vertrautheit aus, gehe in den umherirrenden Krieg, wo jede Wohnung ein falsches Heim ist. Aus der Wohnung unserer Hochzeit nehme ich nur einen Gegenstand von Dvora mit, ihre Turnschuhe, mit den noch fest gebundenen Schnürsenkeln, weil sie sich die Schuhe mit einem Druck gegen die Ferse auszieht. Es ist meine Aufgabe, die Schnürsenkel aufzuknoten und ihr die Schuhe bereitzuhalten.

Die nehme ich mit, verblödet vor Sorge, weil ich Schuld habe, meine Pflicht vernachlässigt habe, in der Hoffnung, die Schuhe wieder an ihren Füßen zu sehen.

Dann vergesse ich sie, und ein Jahr später muss ich einen heimlichen Unterschlupfräumen, und ich finde sie hinten in einem Schrank unter einer Tasche wieder. Ich habe nichts von Dvora, denn ohne sie behalte ich nur das Nichts. Ihre Schuhe stehen da, mit den gut verknoteten Schnürsenkeln.

Ich knie nieder und löse die Knoten, die Ösen. Dann lasse ich sie dort stehen.

Ich weiß, dass sie auf dem Grund des Meeres liegt, mit gefesselten Händen. Ich kann ihr nur die Schnürsenkel der

Schuhe aufknoten. So nehme ich Abschied auf den Knien vor einem leeren Schrank.

Daran denke ich bei Lailas Worten, und wieder einmal weiß ich, dass von mir nichts übrig bleibt.

In der Vorstadt im Süden des Palermo-Viertels von Buenos Aires, wo ich noch rechtzeitig ankomme, um die letzten Lebenden unter den ersten hierher ausgewanderten Italienern kennenzulernen, arbeite ich in einer Schuhfabrik, lerne das Leder kennen und genieße an Sonntagen die Liebe unter Dvoras Arm mit dem Versprechen, gemeinsam alt und dumm zu werden.

Ich habe nicht einmal ein Röcheln des Bedauerns übrig für die Schüsse, den kleinen Krieg, den Teil der Rache, den ich genommen und selbst nicht bezahlt habe.

Denn ich bin unversehrt: Ich kann mich dafür nicht beglückwünschen, ich kann es nicht verwünschen.

Ich höre Laila nicht richtig zu, kleine Rückkehr des grausamen Argentinien.

Es ist gut, jetzt nicht in einem Zimmer zu sein, gut, einen Arm des Tyrrhenischen Meeres zu sehen statt die riesige Mündung des Rio della Plata.

Laila bittet nicht um Hilfe, sie spricht, weil sie aufrichtig sein will, wie beim ersten Mal. Sie will mich von ihren Problemen fernhalten. Ich glaube ihr.

Ich lege die hohlen Handflächen ineinander, denke: Auch du hast mit dem Morden zu tun.

Die Hände bleiben verschlossen, so auch die Worte, ich sage nichts. Laila aber sagt: »Auch ich habe mit dem Morden zu tun.«

Sie hört, was in mir brummt, ich reagiere nicht, ich habe keinen einzigen Satz, den ich vor ihr verheimlichen müsste. Außerdem muss es ziemlich unbequem sein, Gedanken zuzuhören, sich mit dem Lärm von anderen auch dann anzufüllen, wenn sie schweigen. Es ist recht hart zu wissen, dass einer, während du mit ihm sprichst, an etwas anderes denkt.

Das Meer ist violett wie die Blüte des Rosmarins, der Wind der untergehenden Sonne fegt Lailas Haare an meine Stirn.

Machst du das so, nimmst du dir meine Gedanken mit deinen Haaren?

Nein, sagt sie, es ist eine animalische Fähigkeit, ein Rest vom Hirn einer Schlange, eines Fischs, einer Schwalbe, oder wenigstens stellt sie sich so etwas vor, wenn sie an ihre Begabung denkt. Aber sie hört nur die ganz nahen Gedanken.

Erschreckt mich das nicht? Nichts erschreckt mich bei dieser Liebe.

Sie umschlingt meinen Arm und sagt: »Du lässt mich vergessen, wer ich bin.«

Nein, ich lasse es dich besser wissen, du bist die Frau, die ich liebe. Du könntest für mich keinen begründeteren Namen haben als diesen.

»Deine Liebkosungen gehen mir bis in alle Knochen, du gibst mir einen Kuss ins Rückenmark, du besänftigst meinen Körper«, sagt sie.

Ihre Haare peitschen mir das Gesicht, sie will sich in den Windschatten stellen, nein, ich halte sie zurück, ich möchte nicht, dass deine Haare vergeblich flattern.

Wir sind eine Weile still und schmecken das Salz auf dem Wind, der nachlässt.

Töten ist widerlich, Laila. Du kriegst die Schmiere des Todes nicht mehr vom Körper. Sie geht nicht ab. Du bist jung, denkst, dass es vorübergeht, und mit einer jähen Willensanstrengung vergisst du es eine Weile. Und dann eines Tages, wenn dir die Welt gerade gefällt und du sie dir anschaust und spürst, wie die Luft in deinem Atem tut, was ihr passt, und du vielleicht dabei an den kleinen Anteil Sauerstoff und den großen Teil Stickstoff denkst und in diesem Moment am allerweitesten entfernt bist von jenem Blut, dann genau kommt es zurück, eben weil du lebst, weil du atmest, du bist ein Lebender, ein verfluchter Lebender.

Und du rufst dir die dringendsten Gründe zurück für dieses vergossene Blut und sagst dir immer wieder, dass du nachts schläfst und dass jeder Schlaf Vergebung enthält, doch nein, er ist immer noch da, er klebt an dir, der Ermordete.

Und Reue hat damit nichts zu tun, und Schlaflosigkeit hilft auch nicht, denn um dich herum bleiben Stühle leer, eine Frau wechselt die Straßenseite, wenn sie dich sieht, Brot bricht schlecht und krümelnd in deinen Händen, Gesichter ähneln jemandem, es ist dir unbehaglich, Schritte hinter dir zu hören, und beim ersten Glück, das du hast, der Gedanke, dass auch du unter solchen Schüssen sterben kannst und dass gerade du nicht das Recht hast auszuweichen.

Und wenn du dir das eingestehst, fühlst du dich sogar erleichtert.

Wie viele Mörder lassen sich töten.

Und ich rede weiter, bestürme Laila weiter mit meinen verworrenen Beschwörungen aus Liebe.

»Sonst bringt er mich um. Denn ich will nicht mehr weitermachen, und wenn ich frei bin, bin ich eine Gefahr für ihn. Und er weiß von dir, und schon deshalb bringe ich dich in Gefahr.«

Ich kann dich nicht vor dem Bösen beschützen. Dies ist das zweite Mal, dass es mir nicht gelingt, doch in das erste Mal gehe ich als ein Betäubter und reagiere zu spät und aus Rache. Nicht einmal jetzt, wo ich das halbe Leben auf der Flucht hinter mir habe, bin ich fähig, jemanden zu retten.

»Du kannst mich nicht trocken aus dem Wasser ziehen. Ich bin ihm nützlich, solange ich weitermache, und es ist nicht mal sicher, ob das reicht. Eines Tages beschließt er, dass eine zu viel weiß, schade, denn sie ist gut, aber es ist besser, sich das Problem vom Hals zu schaffen.

Bis jetzt dachte ich, ich halte durch, dann ist das Durchhalten unmöglich geworden und damit Schluss. Und ich bin drauf und dran, geradewegs im Rachen einer dieser schnellen Lösungen zu enden.

Du hast mich rechtzeitig aufgerüttelt wegen ein paar Falten am Hals, wegen einer bestimmten Weise, Salbei zu zerreiben und Finger duften zu lassen, wegen der friedlichen Stille, die in deinen Gedanken herrscht.

Jetzt muss ich versuchen, mich zu retten. Töten und fliehen und dadurch ein paar Tage Vorsprung vor Leuten bekommen, die von mir wissen, während ich nichts von ihnen weiß.«

Wer ist das, ich versuche es mir vorzustellen, ohne zu fragen.

»Es sind Leute, die nicht zögern, Böses zu tun. Solche kennst du doch.«

Du brauchst Hilfe, das sage ich.

»Nein, und je weniger du davon weißt, desto besser ist es.«

Sie können mich suchen kommen.

»Ich weiß nicht, das ist nicht sicher. Sie arbeiten in getrennten Abschnitten, vielleicht bist du bis jetzt nur für ihn ein Anhaltspunkt. Auf jeden Fall wirst du nichts sagen können, ich lasse dir keine Adresse da.«

Hier hört Laila auf. Während ich das sage, werden die Augen trocken, ich berühre das Buch in der Tasche, als Stütze, auf der Stirn spüre ich einen Wind von anderen Wellen. Es ist der Südatlantik, im Körper Flucht und panisches Gehetztsein, damit ich nicht von den Argentiniern erwischt werde, die an Land gekommen sind, um die Insel Soledad zu besetzen.

Es ist April, Herbst, ich flüchte aus Marias Haus, ohne etwas zu sagen, sie gehört zu denen, und mich hat es wieder einmal in das Land des Jagens und des Fangens verschlagen.

Ich verstecke mich in einer Zacke der Küste an einer Stelle der Insel, die »Pass der Adler« genannt wird, dem südlichsten Punkt, Stürme und Seevögel und Wellen und Wind, der dir die Ohren verschleißt.

Ich fische, trinke Regenwasser, stehle Eier aus Vogelnestern, mache nachts ein Feuer aus Torf, spüre die Falle, die von allen Seiten zuschnappt, und halte durch, einfach um zu leben. Und ich entdecke das Wrack eines Segelschiffs, daraus besorge ich mir Holz für eine Schutzhütte.

Tagsüber bleibe ich unter dem Dach und schaue aufs Meer.

Ich fühle, wie mein Leben sich verhärtet, um den Schlag aufzufangen und ertragen zu können.

Es gibt keinen Fluchtweg mehr, hier ist das Land zu Ende, es gibt keinen weiteren Süden mehr, in den man hinuntergehen könnte, es gibt keinen Laderaum in einem Schiff, wo man sich in einen rettenden Schlaf wiegen könnte.

Ich sehe das Meer, das die Klippen abkratzt, und der weiße Fingernagel der Wellen ist die Linie, die es vom Land trennt.

Ich sehe die rote Bahn des Sonnenuntergangs, die Tag und Nacht trennt, denke, dass die Welt ein Werk des Königs ist, der über das Wort trennen herrscht, und warte auf die Linie, die mich von meinen Tagen abtrennen wird.

Und Leben ist eine lange, ununterbrochene Linie, und Sterben ist, einen neuen Absatz ohne den Körper beginnen. Und ich sehe das Schlagen von Flügeln im Hohlraum der Wellen, und nicht einmal der Fisch, der doch das ganze Meer hat, um sich zu verstecken, kommt davon.

Und die Vögel, die darüber fliegen: Jeder bleibt allein und ohne Verbindung mit dem anderen. Ihre Familie ist die Luft, nicht die Flügel der anderen, und jedes gelegte Ei ist

Einsamkeit. Und ich brate im Dunkeln ein Rührei aus Einsamkeiten und sättige mich.

Und wenn mich das Gefühl packt, dass meine Zeit zu wenig ausgefüllt ist, denke ich an die Zeit, die inzwischen in der Fülle der Welt vergeht und neben meiner Zeit abläuft: Da sind Bäume, die Blütenstaub abschütteln, Frauen, die darauf warten, dass das Fruchtwasser austritt, ein Junge, der über einem Vers von Dante sitzt, tausend Pausenglocken, die in allen Schulen der Welt läuten, ein Wein, der beim Umfüllen aufschäumt, und das alles geschieht gleichzeitig mit mir, und darum verbündet sich meine mit ihrer Zeit und wird viel.

Gedanken aus einem Jenseits des Lebens, Laila, ich weiß, dass du ihnen zuhörst.

Es dauert ein paar Wochen, sie entdecken mich, weil sie hartnäckig weitergesucht haben, und ich fliehe über die Klippen, sie schießen gegen den Wind, und da ist ein kleiner Stein aus Blei, der durch die Lunge schlägt und ich meine ihn zu sehen, als er mir vorne herauskommt und noch weiterflieht und ich laufe ihm hinterher, bis plötzlich der Atem ganz aufhört und endlich eine Windstille in den Ohren, und ich spüre ihre Tritte wie gegen eine Tür, und einer will mich auf der Stelle fertigmachen und die anderen sagen, dass sie einen guten Eindruck machen werden, wenn sie mich aufs Festland schicken, und sie legen mich auf die Motorhaube eines kleinen Lastwagens, wie man es mit erlegtem Wild macht, und fahren durch die Stadt, schießen in die Luft, weil sie einen Terroristen gefangen haben, nennen mich einen *aparecido* und werfen mich ins Gefängnis, und ein englischer Arzt näht mir den Eingang und den Ausgang zu und wünscht mir Glück und sagt, ich soll durchhalten, denn seine Leute werden bald kommen.

Und ich weiß nicht, wer seine Leute sind, aber einige Nächte später höre ich Kanonendonner auf dem Meer.

Und ich sitze auf der Pritsche in der Zelle und ringsumher sind keine Wächter mehr und aus anderen Zellen brüllen sie vor Hunger, und es gibt tagelang nichts zu essen, und dann kommen sie, um aufzuschließen, und alle sind irrsinnig vor Glück und ich atme nicht, aber ich weiß, dass der Tod mir auch dieses Mal wieder ins Gesicht spuckt.

Und all diese Geschichten befinden sich einen Zentimeter weit von Lailas Kopf entfernt.

Und jetzt ist schon wieder nicht genug Zeit und wir müssen eine neue Nacht verabreden, eine, die gut ist, um auseinanderzugehen.

Ich werde bis zum letzten Rest von uns beiden ausharren, sage ich zu Laila.

Gehen wir in ein Zimmer, sagt sie, machen wir uns an die Liebe. Das Glück einer Kugel, die herauskommt, ohne zu töten, möchte ich keinen Moment lang verschwenden.

Wir gehen in mein Viertel, einen Vorort am Meer, wo an den Fenstern ewig die aufgehängte Wäsche tropft und auf den Balkonen Frauenarme in aufgekrempelten Ärmeln etwas ausklopfen.

Die Luft in der Küche ist welk, ich öffne die Fenster, gedämpft kommt das Geschrei von einem Fußballspiel auf dem Hof herein.

Laila blickt aus dem Fenster, dann öffnet sie Schubladen, findet den Korkenzieher, und aus ihrer Umhängetasche kommt eine Flasche zum Vorschein, und während ich die Gläser auf den Tisch stelle, beginnt das Brummen in ihrer Stimme, ich erkenne es wieder, versuche sie mit der Hand aufzuhalten, sie hält sie in der Luft fest, und ich höre wieder, wie meine Worte von selbst aus mir herauskommen.

Ich sehe sie, während ich sie ausspreche.

»Da ist ein Haus in einer breiten Straße mit Hecken aus Bougainvillea. Drinnen zieht ein Mann seine Uniform an, und auf der Straße wartet ein anderer darauf zu schießen. Es gibt nur einen Fahrer als Eskorte.

Als der Mann herauskommt, stürze ich aus der dichten Hecke hervor, mein Vorteil ist, dass ich schnell und allein bin, und im Mund ziehe ich die Zügel der Nerven fest an.

Und ein Radio fängt an, ein Lied zu spielen. Und die Zeit füllt sich mit Tönen, ich stampfe zu jedem Ton mit dem Fuß auf, die Sekunden hüpfen wie die Tanzschritte einer Tarantella, und ich sehe die rechte Seite einer Uniform und eine Hand, die zu spät nach der Waffe tastet, und den Fahrer, der etwas versucht, dann flüchtet er sich hinter eine Deckung, und ich springe in das Auto und fahre los und höre ein paar Schüsse, aber vor allem höre ich das Lied aus dem Radio, das im Auto angeschaltet geblieben ist.«

Und hier spucke ich schon wieder eine dieser verfluchten Stunden aus, aber da höre ich plötzlich auf zu sprechen und fange an, dieses Lied zu singen, und während ich singe, verstummt Lailas Bienenstocksummen bei geschlossenen Lippen. Ich singe, und die Erzählung bricht ab, ich singe, und es gibt nichts mehr, dem ich gehorchen muss, und ich stecke wieder in meiner eigenen Stimme.

Und Laila sagt, dass ich der Erste bin, der sich allein aus ihrem Griff lösen kann, und sie ist glücklich, dass sie diese Gewalt über mich nicht hat. »Es ist der Gesang, der lockert und von meinem Geräusch befreit, jetzt weißt du es.« Und sie sagt, dass das auch ein Zeichen für ihr Aufhören sei.

Nicht diese Gewalt hast du über mich, sage ich, sondern mehr, du packst mich mit den Zähnen, bei dir bin ich eingezwängt wie etwas, was man fest zwischen den Kiefern hält, du ergreifst mich, ich lasse mich greifen, weil du mich willst, und weil ich auf der ganzen Welt keinen finde, der einen Menschen wirklich will, der weiß, was man mit so viel Willen anfängt.

Ich will dich, sagt sie, du stehst mir zu, und dir steht es zu, die Arme auszubreiten und mich zu halten.

Ich liebe dich aus Liebe und aus Abscheu vor Männern, ich liebe dich, weil du vollständig bist, obwohl du ein Überbleibsel aus einem anderen Leben bist, ich liebe dich, weil das Stück, das übrig ist, so viel wert ist wie das Ganze, und ich liebe dich, damit die anderen, verlorenen Teile ausgeschlossen sind.

Wir sind still, trinken ihren mitgebrachten Wein, ich schneide reifen, alten Käse, darauf streue ich Salbei und gieße einen Strich Öl darüber.

Beim Essen bewegt sie heftig die Kinnlade, kaut viel, schluckt leise, riecht den Geruch im Zimmer.

Ich habe schon Basilikum in ein paar Töpfen, das hier ist der Kräutergarten.

Sie betastet eine Walnuss, setzt sie mir auf die Handfläche, ich lege sie auf den Tisch und knacke sie mit einem kleinen Stoß der Stirn, ein Spielchen, das die Kinder im Hof erfreut, wenn sie es durch das Fenster sehen können.

Laila lacht, Südamerika, sagt sie, habe mich zum Spinner gemacht.

Dann fragt sie ernst, ob man sich einen Angriff vorstellen darf, bei dem es keinen Fluchtweg gibt, ob man verrückt sein muss oder einfach nur entschlossen, sich beim Töten selbst umbringen zu lassen.

Das ist Südamerika, Laila, Tage ohne einen darauf folgenden Tag, von den eigenen Leuten bleiben wenige übrig, man macht Überfälle als jemand, der keine Bindungen mehr hat, man läuft den anderen in die Gewehre, ohne sich zu bücken, es hängt ja doch nicht von einem selbst ab, ob man lebt, überdauert. Wir sind Fische auf der Wasseroberfläche.

Frag mich nicht, Laila, der da bin ich heute nicht mehr, niemand kann lange Zeit so jemand sein, darum hören die Kriege auf, und eine nächste Generation schöpft Atem nach vorne und löscht aus, was hinter ihr liegt. Fluchtweg sagst du, ich erinnere mich an die Flucht, aber an keinen Weg. Ich bin der Letzte und renne bis in den äußersten Süden Argentiniens und halte nicht mehr an.

Ich laufe über die kahlen Ebenen des Südens, wo du kilometerweit zu sehen bist und wo niemand freiwillig hingeraten würde.

Ich suche den tiefsten Punkt, die Leere.

Ich fühle mich vom Wind versteckt, der dich die Augen zusammenkneifen lässt und dir die Ohren einschläfert.

Nachts laufe ich auf der Straße. Wenn aus dem Trichter der beiden Geraden ein Licht auftaucht, lege ich mich auf den Boden mit einem Busch auf dem Rücken.

Bei Tagesanbruch verlasse ich die Straße und strecke mich zum Schlafen aus, weit weg.

Eines Tages weckt mich eine Ziege, sie will gemolken werden. Ich melke sie, trinke die beste Milch meines ganzen Lebens.

Ich verbringe ein paar Tage mit der Ziege, wir halten Schritt miteinander, die Augen ineinander.

Ich vergesse. Ich betrachte sie und vergesse.

Sie schläft neben mir, bei Tagesanbruch leckt sie mir die Nase.

Ich gebe ihr ein bisschen von meinem Salzvorrat ab. Wir trinken aus einem Fluss, der sich unter der Erde verlaufen hat. Wir gehen flussaufwärts.

Von Weitem sehe ich eine umzäunte Weide, die Ziege läuft darauf zu, ich drehe mich um und gehe zurück.

Einen ganzen Tag verbringe ich damit, mich in einem Flussbett von den Flöhen zu befreien. In meinen Kleidern suche ich nach Läusen wie nach Ländern auf der Landkarte. Ich wasche, wringe aus, trockne.

Ich lerne, keine Angst vor Schlangen zu haben, kluge Tiere, die die Luft lecken.

Nach zwei Tagen finde ich die Straße wieder und nehme meine nächtliche Wanderung nach Süden wieder auf.

Mit der Dunkelheit bin ich vertraut, sie öffnet die Pupillen, ordnet die Gedanken.

Von Weitem sehe ich eines Nachts ein Lagerfeuer an der Straße.

Ich krieche im Windschatten näher, um einem Hund, der vielleicht da ist, keinen Geruch zu bieten.

Ich höre Stimmen, zwei italienische Bergwanderer mit einem Autoschaden.

Ich warte auf das Morgengrauen, zeige mich, stelle mich als umherziehender Argentinier vor. Sie erklären mir den Schaden, ich erkenne und repariere ihn. Ich erhalte eine Mitfahrgelegenheit und eine Suppe.

Seit mehr als einem Monat esse ich nichts Warmes mehr, die Eingeweide knurren einen Kinderreim wie eine Baumkrone, wenn das Leben in den Nestern erwacht.

Sie fragen mich nichts.

Ich höre mir ihre großen Pläne an, ein neuer Aufstieg auf eine Granitzinne am Ende des letzten Grates der Felswände dieser Welt.

Sie sprechen nur davon, ernsthaft und aufeinander konzentriert.

Ihr Geld geht bald zur Neige, sie sind seit einer Woche unterwegs, folgen einer Landkarte, schauen nur nach vorn.

Ich kann mich nicht daran erinnern, jemals wie sie gewesen zu sein. Ich höre ihnen als Fremder zu: Es sind Männer, die nur eine Seite haben, sie haben keine Augen im Rücken, ihr Blick ist vorwärtsgerichtet. Es sind Männer, die sich nicht umdrehen.

Ich liege auf ihren zusammengerollten Seilen und spüre

im Rücken die Nervenstränge, die, wenn sie Schritte von hinten wahrnehmen, mich dazu bringen, meine Lage zu verändern, mich umzudrehen, ihnen entgegenzugehen.

Ich reise mit Männern, die sich keine Rückendeckung verschaffen, die alle Gefahren vor sich liegen haben. Ich höre ihnen zu und ruhe mich aus. Die Straße unter uns ist eine Sache von Rädern, von Landkarten, hat nichts mehr mit dem Erdboden und den Sternen zu tun.

Ich betrachte die Straße auf der Karte, zum ersten Mal weiß ich, wo ich mich befinde und wie groß die Entfernung in der Flucht ist.

Mit einem Motor unter mir ist der Ort im Süden, den ich suche, nur eine Tagesreise entfernt.

Ich schlafe im Schutz der besten Fremden ein, die ich finden konnte, sie werden nur sich selbst gefährlich. Sie haben eine gerade Linie, der sie folgen müssen, sie gehen auf einem vorgezeichneten Weg.

Ich mache mir ihre Route zunutze, bewege mich zum ersten Mal geradeaus, doch meine Flucht ist aufspritzendes Wasser, Falten einer Fledermaus.

Es ist Abend, als ich plötzlich darum bitte, aussteigen zu dürfen, und mich verabschiede.

Die Straße gehört zu einer Stadt am Meer, ich gehe zum Hafen, streiche mit dem Handrücken über ein Schiffstau am Kai, rieche meine Kindheit am Tyrrhenischen Meer, versuche wie ein Matrose zu wirken, als ich die Tür einer Wirtschaft aufstoße.

Der Raum ist verraucht, der Wind, der mit mir hereinkommt, schüttelt die Luft wie einen Wischlappen. Eine

Lampe wirft dem Eintretenden Licht ins Gesicht. »Was willst du, Mann?«, fragt eine Stimme hinter einer Theke, während ich versuche herauszubekommen, ob der Ort richtig für mich ist.

Ich schlage die Augen nieder und gehe ruhig auf die Stimme zu, obwohl ihr Empfang eine Ohrfeige für die Nerven ist.

Ich setze mich, sage, dass ich einen Schlafplatz und eine Einschiffung suche.

»Um zu reisen oder um zu arbeiten?«

Jetzt, wo ich nicht mehr unter dem Licht stehe, sehe ich den Wirt, einen Bären ohne Fell. Ich stütze die Hände auf die Theke und sage unwillkürlich ganz offen: dass ich kein Matrose bin, aber jede Arbeit machen kann, um mir die Reise zu bezahlen.

»Kinderkram, du bist zu alt für einen Schiffsjungen.«

Jetzt schaue ich ihn an. Ich sehe blutunterlaufene Augen. Er ist mindestens sechzig und hat Haare weiß wie Eis.

»Das Leben eines Mannes ist so lang wie das von drei Pferden, und du hast das erste schon unter die Erde gebracht.«

»Ich habe etwas Geld und kann warten«, sage ich.

»Glaube ich nicht. Du hast es eilig. Du bist zu langsam an die Theke gekommen.«

»Kannst du mir helfen?«, frage ich, und weiß nicht, was über mich gekommen ist, dass ich so rede, anstatt aus der Tür zu gehen und mich schnell aus dem Staub zu machen, mit gezückter Waffe, um sie davon abzuhalten, hinter mir herzukommen.

»Lass mich deine Hände sehen«, sagt er.

Ich halte sie ihm offen hin, sie sind schmutzig, unbewegt. Er dreht sie sofort um, betrachtet den Handrücken, legt meine Handgelenke frei.

»Es steckt noch was Gutes in dir. Ich werde dich auf ein Schiff setzen, und du wirst wegfahren. Du wirst davonkommen. Es wird dich deine Kinder kosten: Du wirst keine bekommen. Solche wie du dürfen keine haben.«

Und als ich ihm gerade ins Gesicht spucken will, spüre ich einen stechenden Schmerz tief unten im Magen und drücke schnell meine Hand auf die Stelle.

Und er spricht zu mir mit einer anderen Stimme, ganz leise, sagt, es gebe einen Gemeinschaftsraum im oberen Stockwerk und ein freies Bett, und ich soll dort bleiben, nicht rausgehen, zum Essen werde er mich rufen. Und ich weiß nicht, warum, aber ich tue, was er sagt. Und ich gehe nach oben in ein großes Zimmer und wasche mich, bevor ich zum ersten Mal seit der Flucht wieder ein Bett ausprobiere. Ich entsichere die Waffe, denn wenn er mich an die Bullen verrät, will ich vorbereitet sein. Kurz vor dem Einschlafen kommt mir ein düsterer Gedanke: Davonkommen bedeutet nur, immer weiter in die Falle hineinzulaufen, statt herauszukommen. Nur sterben bedeutet herauskommen.

Der Wirt weckt mich, damit ich an der Theke von seinem Fischgepansche esse. Ich pule die Fische bis zur letzten Gräte mit den Händen ab, dann trinke ich die Brühe in kleinen Schlucken aus der Schüssel.

Ich kaue mit Mühe, mein Gesicht ist steifer Pappkarton,

entspannt sich nicht beim Essen und auch nicht, wenn jemand lächelt.

An der Wand mir gegenüber hängt eine Weltkarte. Sie ist umgedreht, mit der Antarktis oben. Er merkt, dass ich die Karte anstarre.

»Du bist aus dem Norden«, sagt er, »die aus dem Norden werden ganz irre, wenn sie ihren schönen Planeten auf dem Kopf stehen sehen. Für uns aber gehört die Welt so herum, mit dem Süden nach oben.«

Ich kann meine Augen nicht von der Karte lösen.

»Irische Seeleute kommen hierher, um sich die Blase mit Bier zu füllen, und glotzen und drehen den Kopf wie die Hunde, wenn sie was Komisches hören. Köpfe aus dem Norden, blinde Köpfe seid ihr. Man begreift die Erde nur, wenn man sie so herumdreht. Schau dir die Kontinente an: Sie drängen nach Norden, sie werden alle auf der anderen Seite enden. Denn sie haben sich von der Antarktis gelöst und wandern jetzt in den unteren Teil des Planeten, sie stürzen dort unten ab. Die Ozeane lassen sie hinter sich. Und auch die Meeresströmungen beginnen hier, im Süden, denn hier ist der Anfang, das Obere der Erde. Und die Antarktis, das ist Erde mit Bergen und Vulkanen, kein kaltes Wasser wie eure Gletscher. Der Norden zeichnet falsche Karten mit seinem schönen Pol an der Spitze, wo er doch der unterste Zipfel vom Sack ist. Und dann zählt für euch auch noch der Osten und der Westen, für uns dagegen ist das nur bewegtes Wasser, Ozeane der westlichen und der östlichen Hemisphäre. Wir sitzen hier auf dem spitzen Horn der Welt, an den Boden gekauert, damit der Wind uns nicht wegreißt.«

Ich höre ihm zu und glaube ihm alles, was er sagt, auch die versprochene Einschiffung. Ein irisches Fischerboot soll kommen, auf das wird er mich setzen.

Was für ein Wirt aus dem Kopfüber, der einen Mann allein mit seinem Blick durchschüttelt und die Landkarten umdreht. Ich zwinge mich, ihn anzulächeln, ich kann mein Gesicht nicht mehr bewegen. Meine Hände sind fettig, ich wische mir mit dem Handrücken über den Mund, um ihn zu säubern, doch eigentlich eher, um kräftig darüber zu reiben und ihn zu einer Grimasse zu bringen. Ich zwinge ihn, sich zu einem ganz kümmerlichen Lächeln zu verformen.

Da gießt er mir ein halbes Glas mit einem bitteren, trüben Wasser voll, geht auf meine Rechnung, sagt er, und ich nehme es an und spüre es wie einen Messerstich in meine Brust laufen und kneife die Augen zusammen, um keine Tränen auszuspucken. Es ist Feuerwasser für mich, der ich seit Jahren keinen Alkohol anrühre.

In meinem Körper regt sich ein Anflug von Herzlichkeit, ein Frieden mit mir selbst in Gegenwart eines anderen Mannes. Ich liefere mich diesem kahlen Bären aus, der mich mit ein und derselben Hand ins offene Meer hinausschicken oder mir das Rückgrat brechen kann, und weiß der Himmel, was an mir ihn dazu bringt, sich für eine der beiden Möglichkeiten zu entscheiden.

Die auf den Kopf gestellte Karte erscheint mir jetzt richtig, sie zeigt mir, dass ich mich auf dem Antipoden befinde. Die vermeintliche Flucht in die Tiefe dreht sich um und führt nach oben. Ich stehe auf der Spitze einer Klippe und warte auf den Sprung ins Wasser.

Nachts spüre ich auf einer Pritsche in einem Gemeinschaftsraum die bitteren Atemzüge von gestrandeten Matrosen auf der Suche nach einem Schiff, von Reisenden, die auf eine zufällige Fahrgelegenheit warten. Wir sind Männer in einem Kielraum, der auf dem Trockenen liegt. Keiner spricht mit dem anderen. Tagsüber stehen sie mit gesenktem Kopf herum wie Sonnenblumen in der Nacht.

Als das Boot kommt, sagt er zu mir: »Geh heute Nacht an Bord. Nimm nichts mit, nur deine Kleider. Wirf alles andere weg, du brauchst es nicht mehr, nie mehr.«

Und das tue ich.

Laila umarmt mich, schenkt mir Wein ein, führt ihn mir an die Lippen. Ich sitze mit geschlossenen Händen, höre die Geräusche der Familien ringsumher, die sich zum Abendessen setzen.

Sie sagt, sie kenne niemanden, der von der Vergangenheit in der Gegenwartsform spricht.

Was soll ich mit den Wetterfahnen der Verben anfangen? Ich bin nicht der Herr der Zeit, ich bin ihr Esel.

Die Vergangenheit und ihr Eswareinmal ist nur gut für Schriftsteller.

Und die Zukunft ist nützlich für Wahrsager, die sich mit Vorhersagen bereichern.

Ich kenne diese Leben, die einen Tag dauern, und wenn man bis zum Anbruch der Nacht gelangt, bedeutet das schon, alt zu sterben.

Die Zukunft braucht keine Verben, sie verlangt Substantive. Meine steckt in dem Wort Regenrinne, die das Regenwasser einer Insel, wo Trockenheit herrscht, in einem Brunnen auffängt, von dem ich nichts weiß.

Meine Zukunft, sagt sie, steckt in einem verfluchten Wort, einem praktischen und schmutzigen Verb.

Töten, frage ich, sie senkt den Kopf und nimmt die Arme von meinen Schultern.

Ich sage nichts.

Einmal benutzt, bleibt dieses Verb im Körper, für immer.

Eine scharfe Kälte kommt von außen herein. Die Stimmen der Fernseher versuchen, herzlich zu klingen, die Häuser gehen zum elektrischen Betrieb über.

Ich schließe die Fenster, mache die Lampe nicht an.

»Ich habe keine Gewalt mehr über dich. Jetzt weißt du, dass der Gesang von meiner Stimme befreit. Eine Strophe genügt, um dich zu entwinden.«

Und wenn ich bis morgen früh wie eine blinde Nachtigall singen würde, ich könnte mich nicht mehr lösen. Ich gehe auf sie zu, nehme sie in den Arm, drehe mich im Zimmer umher, halte am Fenster an und singe für sie: »Gondel du, du meine schöne Gondel, auf meinen Armen wiege ich dich«, und sie schwankt in meinen Armen wie in einer Hängematte.

»Wenn du das Meer bist, musst du mich festhalten.«

Und dann lege ich sie auf das Bettlaken.

Wir ziehen uns aus und halten einander nackt in den Armen, ohne Küsse.

Diese Nacht ist ein Unterschlupf, den man im Gedächtnis bewahren muss, kein Hochzeitsboot.

Mit aufgestützten Köpfen daliegen, sich die richtigen Worte sagen, um einander Liebe einzupflanzen, und so tun, als ob es trotzdem dauert.

Sie hat einen Ellenbogen auf das Kissen gestützt, schaut mich von dieser Höhe herab an und legt einen Finger auf das zusammengenähte Loch jenes Schusses, der vor mir her immer weitergeflohen ist. Sie sagt, sie würde die Kugel gerne suchen und sich als Ehering an den Finger stecken.

»Es ohne dich aushalten, Gärtner, das kann ich mir nicht vorstellen, und wenn ich meine Phantasie noch so sehr anstrenge. Ich kann kaltblütig an irgendwelche Fallen denken, ich kann mir vorstellen, wie ich mich beeilen muss, um ihm zuvorzukommen. Ich kann an die Einzelheiten der Flucht denken. Aber es gelingt mir nicht, über dich hinauszudenken.«

Laila, ich bin für dich eine Liebe mit Dampfantrieb, eine Zugkraft, die für die ersten Züge, die ersten Schiffe ohne Segel ausreichte.

Die Liebe mit Dampfantrieb ist gut für ein bestimmtes Alter.

Du gehst durch viele solcher Lieben hindurch, und jetzt bist du am Anfang des 20. Jahrhunderts angekommen. Du musst deinen Krieg führen, und wenn du lebend zurückkommst, dann folgen die elektrischen Lieben, die mit Düsenantrieb. Von hier aus siehst du sie nicht.

Die Liebe, die ich dir bringe, ist die eines guten Heizkessels, wo Holz brennt oder Kohle und der langsam arbeitet. Er dient zum Wegfahren.

Deine dreißig Jahre stehen seit geraumer Zeit still.

Ich glaube dir deine Geschichte, dass du Gefahr läufst, umgebracht zu werden. Und ich glaube, was du mir erzählt hast, dass ich ein Ansporn für dich bin. Doch ich bleibe, du gehst weiter, und ich wünsche dir, dass du auf der anderen Seite des Lebens wieder herauskommst, auch wenn es die andere Seite der Welt sein muss.

»Meine Liebe mit Dampfantrieb, wir werden irgendwann freigeräumte Tage sehen, und wenn ich es schaffe zu leben, werde ich die Insel deiner Regenrinne suchen.«

Es ist nicht der Tag, der kommt, es ist die Nacht, die ihren Platz räumt.

Ich kenne den Moment. Alles ist noch mit Dunkelheit gepflastert, dann geht ein Zittern durch ein Papier auf der Straße, unmerklicher als die leichte Drehung eines Fächers mit dem Handgelenk, dann zieht die Hand eines Mannes sich einen Schuh an, ohne Licht zu machen und ohne ein Geräusch neben seiner Frau, dann fällt der Kopf einer Alten nach vorn, die einen Roman gelesen hat, um wieder einschlafen zu können, und da plötzlich sammelt sich die Nacht mit einer verstohlenen Bewegung an einem Punkt, und die Dunkelheit ist kein Gas, sondern ein Öl, das nach Westen wegschleicht.

Ich kenne den Augenblick der Nacht, wenn sie sich von der Erde löst und über sie hinwegstreift.

Wie sehr ein Arbeiter, der schon seit Stunden auf den

Beinen ist, sich auch wünscht, dass es Tag wird, ein Teil von ihm würde doch gerne mit der Nacht mitgehen, nach Westen in die Dunkelheit hinein.

In diesem Moment trenne ich mich von Lailas Schlaf, die auf meinem Arm liegen geblieben ist.

Erst greift sie als Ersatz zum Kissen, dann wacht sie auf. Es ist Zeit für mich, sage ich, du kannst schlafen. Aber sie will mit mir aus dem Haus gehen, darum bittet sie um einen gemeinsamen Kaffee.

In der halbdunklen Küche, in die Licht vom Flur fällt, lassen wir uns von einer Tasse aufwärmen.

Sie reibt die Nase und den Schlaf gegen mein frisch rasiertes Gesicht und schnaubt und schluckt und rauft sich die Haare, und ich denke, dass Abschied voneinander nehmen für uns so ist, als würden wir uns erschießen.

»Denk jetzt nicht daran, ich kann noch nicht mal auf den Beinen stehen.«

Du bist noch todmüde, doch mein Gebrumme hörst du weiterhin.

»Also sing, dann höre ich nichts.«

Ich deute das Schlaflied mit der Gondel an, und sie schlägt mir mit unbeholfenen Fausthieben gegen die Brust. »Das nicht, sonst werde ich ohnmächtig«, und sie stößt ein langes Gähnen aus wie das Geheul eines Wolfes.

Sie stützt sich auf mich, wir gehen aus dem Haus, die Luft draußen ist rau, sie brummt: »Was für ein Leben haben die Leute, die um diese Zeit rausmüssen.«

Laila, das machen alle Arbeiter auf der Welt, sie stehen

vor dem Licht auf, kommen nach dem Licht zurück. Sie leben von Dunkelheit zu Dunkelheit.

Laila zieht einen Lufthauch ein, ich weiß nicht, ob sie schnaubt oder gähnt.

In der Nähe macht sich jemand anderes auf den Weg, es ist einer, den ich kenne, ich biete ihm an, in Lailas Auto mitzufahren, sie rollt sich auf der Rückbank zusammen, um wieder einzuschlafen.

Der Mann sagt nichts, er ist eingeschüchtert. Er geht auf die Baustelle, aus der Umhängetasche guckt der Korken einer Flasche hervor, dazu kommt der schwache Duft von Nudeln. Seine Frau steht vor ihm auf, um sie zu kochen und ihm in den Blechnapf zu füllen.

Er ist Eisenschmied, er fertigt die Gerüste für die Pfeiler, die Hände hält er im Schoß gefaltet, zwei Apfelsinenschalen, von geplatzten Adern durchzogen.

Ich bringe ihn zu einer Haltestelle.

Laila kommt nach vorn, sie ist wach.

»Ich weiß nicht, wann, aber es wird in den nächsten Tagen sein. Und dann schaffen wir es irgendwie, uns wiederzufinden.«

Um meine Gedanken zu verbergen, trällere ich ein altes Lied von Weihnachten und von den Dudelsackpfeifern. Laila lacht, hört sofort auf.

Vor dem Garten meiner Arbeit steht ein Auto mit einem Mann am Steuer. Ich muss nicht fragen, ob er es ist.

Wir sind in einem Winkel, von wo aus wir ihn sehen können, ohne gesehen zu werden.

Mit einem Kratzen in der Stimme fordere ich Laila unvermittelt auf, mir die Adresse dieses Mannes zu geben, und spüre, wie meine Nerven sich zusammenziehen, um eine Oktave ansteigen, und mir wird heiß an den Füßen und kalt im Gesicht.

»Bring mir meine Pläne nicht durcheinander«, sagt sie.

Ich bleibe hartnäckig und bin schroff.

Sie nennt eine Straße, eine Hausnummer, ich brauche es nicht aufzuschreiben, ich steige aus, ohne sie zu berühren. Ich höre ihren Rückwärtsgang.

Ich gehe die Straße hinauf, und bevor ich den Garten betrete, gehe ich langsam an der Fahrerseite des parkenden Autos vorbei, und wir sehen uns an, und ich schmecke Salz im Mund.

Einer von uns beiden ist schon tot, und wer es ist, will ich jetzt nicht wissen.

Ich gehe über die Straße und betrete den Garten.

Ich muss dieser Adresse einen Besuch abstatten. Ich nehme mir vor, in der einstündigen Mittagspause hinzugehen.

Es ist Vorfrühling, die Bäume fühlen in ihrem Holz einen Druck von den Wurzeln, von dem sie sich in Keimen befreien. Nur der Nussbaum wartet.

Ich schneide die Wiese mit der Sense, ich schärfe, schneide und schärfe, das schnelle Rauschen der Klinge ist ein kurzer Atem.

Ich mähe gerne mit der Hand, die Bewegung von rechts und von links, die die Höhe der Grashalme ausgleicht, kann ich präzise ausführen.

Heute nehme ich kaum wahr, dass ich arbeite, und

merke umso mehr, dass ich mich in der Anstrengung verstecke, mich ihren Stunden anvertraue.

Das gemähte Gras duftet in der Sonne, ich kehre es mit dem Rechen zusammen.

Selim am Gartentor ist fröhlich wegen der Wärme und trägt ein neues Hemd. »Frühling, Mann, man muss das Neue am Körper tragen.«

Er ist groß, robust, ein Baum von einem Mann.

Er hat das Geld und will mir das versprochene Glas bezahlen.

Mittags muss ich woanders hingehen, ich gehe nicht ins Wirtshaus, sage ich.

Ich komme mit dir, sagt er.

Besser nicht, Selim.

Besser doch, Mann.

Er sagt es so bestimmt, dass ich still bin.

Er hilft mir, das gemähte Gras aufzuhäufen, dann kauen wir zusammen Sardinen und Brot in der Aprilluft.

Gutes Gras für die Tiere, sagt er, für meine wäre das ein Freudenfest, sagt er, schade, dass es weggeworfen wird. »Sind mager meine Tiere, aber gesund. Bald werfen sie Junge, und ich muss dabei sein.«

Ich sage nichts über den Ort, den ich suchen muss, er fragt nichts.

Wir gehen wie zwei Arbeiter, die während der Mittagsruhe herumspazieren. Er kaut unablässig an seinem Olivenkern.

Vor dem Eingang erkenne ich das Auto vom Vormittag

wieder. Wir bleiben stehen und betrachten das Auto, ich folge dem kleinen Weg, der zur Haustür führt, dann komme ich zurück. Es ist ein neues Wohnhaus, wenige Namen an den Klingelknöpfen.

Eine reine Wohnstraße, nur ein kleiner Blumenladen.

Selim schaut sich um, die Nase in die Luft gereckt wie einer, der Regen riecht.

Wir sind zwei Arbeiter, die wegen einer Arbeit gekommen sind und die Adresse nicht genau kennen. Es kommen keine Passanten vorbei, nur zwei alte Leute führen jeder einen Hund aus.

Wir gehen hinter das Haus, ich möchte es von allen Seiten sehen.

Ich weiß nicht, was ich versuchen soll, aber ich weiß, dass meine Nerven es mir zum richtigen Zeitpunkt sagen werden.

Wir gehen schweigend zurück. Selim betont seine Schritte, er beeilt sich nicht, aber er drückt die Füße auf den Boden und hebt sie etwas höher als nötig.

Er tritt jetzt schon auf seinen Boden und führt seine Herde, denke ich. Er saugt und knabbert seinen Olivenkern.

Im Garten mache ich mich wieder ans Mähen.

Selim schneidet das Beet mit Lavendel, dann bindet er, mit gekreuzten Beinen auf der Erde sitzend, kleine Sträuße zusammen.

»Dein Garten versorgt mich mit Geschäften.«

Aus einer Tasche zieht er das Messer heraus, eine starke und erfahrenere Klinge als meine Sense. Er häuft die Sträuße zum Trocknen auf.

Ohne mich anzusprechen und den Blick auf seine Hände gerichtet, höre ich ihn in meine Richtung sagen: »Du willst mein Geld nicht, du willst den Wein nicht, den ich dir schulde. So bindest du, du löst nicht. Du sagst nein zu einem Mann und gibst ihm nicht den Frieden, etwas zurückerstatten zu können. Ich muss das Pfand auslösen. Unter Männern muss man Freunde sein, und man muss miteinander quitt sein.«

Ich sehe, wie er den Olivenkern ausspuckt.

Ich mache mit der Arbeit weiter, er hat auf diese Weise gesprochen, um ohne die Taktlosigkeit des direkten Ansprechens verstanden zu werden.

Am Rand der Wiese unterbricht mich seine Stimme, als der Arbeitstag zu Ende ist. Er grüßt mich. Ich halte ihm den Arm hin statt einer Hand, er breitet seine Arme aus und legt sie mir auf die Schultern. Er entblößt alle Zähne des Lächelns und umarmt mich.

Die Abreise ist entschieden, dieses ist unser Abschiedsgruß.

Mir kommt jäh ein bitterer Geschmack in den Mund, und ich fühle mich im Unrecht wegen des versprochenen Weins, den er mir nicht einschenken darf.

»Dies ist keine Zeit mehr für Wein, Mann. Ich nehme den letzten Strauß meiner Schuld mit. Ich zahle es dir alles zusammen zurück.« Und er lächelt ein altes, fernes Lächeln, ein Atem aus Afrika, ein Blütenpollen, auf der Reise des Schirokko herabgefallen, ein wandernder Bienenstock, ein Weiß von Flügeln im Mund, das schwindet.

Und er geht zum Gartentor davon, mit dem Lavendelstrauß unter dem Arm.

Und da schließe ich die Augen hinter dem Handrücken, verschließe sie gegen die Teile meines Lebens, die ich an einem einzigen Tag verloren habe, und tue etwas Dummes. Ich knie auf der Wiese nieder und wühle auf dem Boden, suche, finde den glatten Olivenkern und stecke ihn in einen Topf mit schwarzer Komposterde.

Ich sollte nach Hause gehen und drüber schlafen und die Hände wieder in die Tasche stecken wie in der Zeit vor Laila. Schon lange vor ihr kenne ich das Übel des Tötens, und darum kann ich es ihr ersparen. Ich gehe dorthin, ich muss mich beeilen, und es gibt nichts vorzubereiten. Ich gehe hin und lasse mir noch an diesem Abend etwas einfallen, wie in Argentinien.

Unterdessen verhärten sich die Nerven.

Ich werde ihn wohl überfallen, zu Boden werfen. Wenn er eine Waffe trägt, benutze ich sie, wenn nicht, werde ich mich irgendwie behelfen.

Ich spüre, wie mir aus dem Magen eine maßlose Kraft aufsteigt und in den Kopf eine noch unerschütterlichere Ruhe als damals. Argentinien geht mir nicht aus dem Körper, über das Magengeschwür des Krieges und der Morde ist nur ein wenig Haarflaum gewachsen.

Und eine Frau kommt, die auf den ersten Blick weiß, wer ich bin, und die sich nicht vor mir ekelt, sondern mich wählt und mich wieder in das Kästchen des Ruchlosen einordnet.

Dieses Mal fliehe ich nicht, dieses Mal bleibe ich.

Ich nehme mir Handschuhe mit.

Es ist noch hell, als ich aus dem Gartentor trete, darum gehe ich beim Wirt vorbei, um ein paar Worte zu wechseln. Er gießt Wein um, ich gebe ihm die Hand.

Dann nimmt er ein paar Stühle von der Tischplatte und bringt mir ein kleines Stück Ziegenkäse, ein dunkles Brot und eine Karaffe mit Rotwein.

Er spricht von einem Haus am Meer, wohin er sich zurückziehen will.

Ich auch, sage ich, ich denke an ein Haus an der Küste, an ein Fenster nach Osten und eine Pergola nach Süden. Der Westen und der Norden gehören bei mir in den Rücken.

»Der Westen«, sagt er, »ist für mich der Rücken meines Vaters, der nach Südamerika auswandert. Ich sehe ihn noch auf das Schiff steigen und am Horizont verschwinden, für immer.

Solche Leben wie die unseren gibt es nicht mehr, jetzt sind es die Leben von anderen, die über jeden beliebigen Ort bei uns ankommen, wenn es nur kein Hafen ist. Komisch, nicht wahr? Auch diejenigen, die einen Pass haben, passieren keinen Hafen.

Darum gibt es für solche Leben einen Platz und etwas zu essen bei mir.«

Ich kaue und nehme kleine Schlucke vom Wein. Der Abend ist bereit, und ich muss aufstehen.

Er fragt, ob ich nach Hause gehe. Nein, dorthin gehe ich nicht.

Ich weiß nicht, wie die Antwort klingt. Der Wirt drückt

mir die Hand und berührt mit der anderen meinen Arm, der schon angespannt ist und hart.

Der Weg ist weit, es tut mir gut, ihn zu Fuß zu gehen, den Schritt und das Blut aufeinander abzustimmen.

Ich achte auf den Atem, das Herzklopfen.

Ich beruhige mich und verhärte mich.

Im Arm spüre ich eine zerschmetternde Kraft, genug, um ein Fass einzuschlagen.

Auf der Straße weiche ich den entgegenkommenden Menschen aus. Ich habe Angst, einen zu berühren und allein dadurch zu verletzen.

Eine Frau kommt mir entgegen, ich wechsle die Straßenseite, bevor sie es tut. Ein Mörder muss Leere um sich haben.

Ich gehe, und der Körper lädt sich auf.

Meine Schritte werden steifer, die Arme dagegen begleiten den Gang mit winzigen Bewegungen, warten konzentriert auf das Losschlagen.

Die Hände halten die Finger entspannt, voneinander getrennt, damit sie sich nicht gegenseitig berühren.

Ich spüre die leichte Luft an den Fingerspitzen.

Vom äußeren Rand der Fingernägel und von den Haarspitzen aus erhalte ich jetzt meine fortwährende Kontrolle über die stacheldrahtumzäunte Grenze zwischen mir und der Welt.

Die Augen sehen auch nach innen, fixieren das Herz, das in kräftigen und langsamen Stößen schlägt, sie laufen über die Wirbelsäule, die steif gewordene Schlange, die im

Skelett jedes Menschen sitzt und eine aufrechte Haltung annimmt wie ein Reptil beim Angriff.

Und ich bin mir jetzt bewusst, dass ich ein Mensch bin, weil ich das gefährlichste aller Tiere bin.

Das hier ist keine Jagd, sondern Angriff, nur um zu vernichten.

Als ich das endlich fühle, bin ich bereit.

Wie viele Soldaten fallen, wenn sie nicht rechtzeitig bei diesem Gefühl ankommen.

Ich bin unter dem Himmel des Stieres geboren, an meinen Nasenflügeln lässt sich leicht ein Führungsring anbringen.

Ich komme an der Straßenecke an und sehe ein wenig Bewegung, eine Gruppe Menschen unter einer Straßenlaterne, ein Unfall, denke ich und gehe darauf zu, und es ist genau vor der heute Mittag nachgeprüften Hausnummer. Und ich sehe Polizei, und es gibt eine Absperrung, und ich laufe direkt hinein, und einer in Uniform fordert mich auf, einen Bogen zu machen, denn hier kommt keiner vorbei, und ich frage, was ist los, und er scheucht mich barsch mit einer Handbewegung weg, und genau vor der Haustür, in die ich hineinmuss, ist das Gewühl, und ich bin seit geraumer Zeit bereit und würde auch über die Leute rübersteigen und würde trotzdem an diese Tür kommen, und ich würde mich auf diesen Mann stürzen, und jetzt ist mein Arm angespannt wie ein Bogen und ein Hammer, und ich kann einen tiefen Graben in die Erde machen, wenn ich ihn fallen lasse. Und ich kann meine Hand jetzt nicht in die Tasche stecken und umkehren.

Und ich drehe mich abrupt um und nehme mir vor, irgendwo über die Absperrung zu klettern, und mache zwei Schritte und rieche einen Hauch Schwefel, der mir aus der Nase strömt, und etwas Warmes kommt heraus und rinnt über das Gesicht, und ich merke, dass es Blut ist, und aus den Nasenlöchern spritzt das arterielle Blut stoßweise auf den Boden, und ein Mann bietet mir ein Taschentuch an und sagt, ich soll den Kopf nach hinten halten, und ich gehorche und schließe die Augen und höre die Stimme einer Frau, die von einem Neger spricht, und ich denke an Selim mit seinem schönen neuen Hemd, und ich lehne mich gegen eine kleine Mauer und setze mich auf den Boden, und vielleicht schlafe ich.

Ich öffne die Augen wegen der Stimme des Mannes mit dem Taschentuch, der zu mir spricht, und ich weiß nicht, warum ich da auf dem Bürgersteig sitze, an eine Mauer gelehnt mit Leuten um mich herum.

Ich sehe Blut an den Fingern, fühle, dass es auf meinem Gesicht verschmiert ist, und die Kräfte kehren zurück.

Ich erhebe mich, danke für die Hilfe, die Gruppe zerstreut sich, und der Mann mit dem Taschentuch hält meinen Arm, um mich zu stützen. Ich merke, dass er leer ist, ein träger, unbelasteter Arm, und ich erinnere mich.

Der Mann bittet mich, zu ihm hereinzukommen, damit ich mich waschen kann, er ist Arzt und hat seine Praxis gleich nebenan. Er will meinen Blutdruck messen.

Er stellt mir Fragen, welcher Beruf, wo, ich antworte.

Er entschuldigt sich für seine Fragen, für sein Einmischen, doch es dient dazu, die Reflexe und Reaktionen der Nerven zu überprüfen.

Bei ihm kann ich mich waschen. Im Spiegel bin ich ein roter Clown, das ganze Gesicht voller Flecken.

Ich wasche mich, reibe mein Gesicht und kann mir einen Anflug von Fröhlichkeit nicht erklären. Die beschlossene Sache muss immer noch ausgeführt werden, und die verlorene Zeit wird zur Bedrängnis für Laila. Außerdem ist mein Gesicht in dieser Straße jetzt bekannt, und es wird schwieriger sein, ungeschoren davonzukommen. Doch das Blut, das ich verloren habe, verschafft mir Erlcichterung.

Ich komme erfrischt aus dem Badezimmer. Der Mann hat ein schönes, dunkles, hageres Gesicht wie das eines Bauern aus dem Süden und dünne Haut über den Knochen.

Auf dem Kopf hat er eine dichte weiße Mähne.

Während er sich an meinem Arm zu schaffen macht, erzählt er mir, dass er vorhat, sich in sein Heimatdorf zurückzuziehen, ein Ort, dessen Name mich an einen Wein erinnert. Mir fällt auf, dass ich nur Menschen treffe, die dabei sind wegzugehen.

Er baut ein Haus mit einem Landgut um. Er will seine Füße auf die Erde setzen.

Er will die Stadt nicht mehr, Leute mit schrecklichen Verletzungen, Schusswunden, Drogen, Nervenleiden. Er will Knochen kurieren, Herzen, alte Menschen.

Mein Blutdruck ist in Ordnung, er empfiehlt mir ein Glas Wein. Dann denkt er an den Mann, über den er sich gebeugt hat, bevor ich kam, und erzählt mir, dass man ihn auf die alte Weise umgebracht hat, wie das Vieh auf den Feldern, abgeschlachtet.

Jemand, eine Frau, sieht, wie ein Schwarzer einen Mann packt, der aus einem Auto steigt, und ihm die Kehle durchschneidet. Und sie sieht, dass er weggeht ohne einen einzigen Blutspritzer am Körper, auf dem Hemd.

Er hört die Schreie auf der Straße und läuft herbei, findet die Frau, die vor Angst zittert, und auf der Straße ist ein See von Blut, und weiter hinten liegt ein Mann mit dem Gesicht nach unten.

Und er fühlt ihm pflichtgemäß den Puls und geht dann hinauf, um ein Handtuch zu holen und ihm wenigstens das Gesicht zuzudecken.

»Ein Mensch stirbt, und seine Haut verliert Wärme wie der Sand an einem Sommerabend. Man ist versucht, ihn aufzuwärmen«, sagt er.

»Er dürfte es fast nicht gemerkt haben, der Schnitt ist tief und hat keine ausgefransten Ränder, es ist eine sehr scharfe Klinge gewesen. Er wird nur Kälte verspürt haben.«

Und dann komme ich, und weil es nur wenig ist, füge ich dem Blut auf der Straße mein Blut hinzu.

Er hört meine Brust mit dem kalten Ohr eines Instruments ab.

Während er die Herzschläge abwägt, verstehe ich plötzlich die Asche von Selim und seinen Gruß. Was ich da begreife, kann ich nicht für mich behalten. Das verlorene Blut erzeugt Leere in mir.

Der Mann sagt, dass ich einen Herzmuskel habe, groß

wie eine Kokosnuss. Schließlich trennt er sich vom Abhorchen.

Wir verabschieden uns höflich, ich danke ihm, er sagt, dass er mich besuchen wird, um sich Rat zu holen in Fragen wie Erde und Werkzeuge.

Ich drehe dem Ort des zweifachen Blutvergießens den Rücken zu.

Ich gehe zum Bahnhof, zu einem Zug, der mich wieder nach Hause bringt.

Ich kehre zurück, dieses Wort treibt mich an, ich kehre zurück aus dem Süden, aus einer Stunde Argentinien, ich segle die hundert Breitengrade an einem Abend hinauf, ich trenne mich von Laila und will nicht an den Freund denken, der seine Schulden mit einer Umarmung und einer durchgeschnittenen Kehle bezahlt.

Ich verbiete mir seinen Namen. Allein an ihn zu denken bedeutet schon, ihn zu verraten.

Ich kenne keinen Namen, ich singe Lieder, verdecke die Gedanken.

Ich drehe mich in Richtung der Felder, in der Afrika liegen müsste.

Ich stehe mit geschlossenen Augen in diese Richtung gewendet, wie die Blinden es tun, die ein Lächeln spüren können und sich ihm zuwenden.

Ich muss zurückkehren, mich in die Küche setzen, mein Blut mit Wein auffrischen.

Ich sitze am Fenster eines Eisenbahnabteils, um diese

Zeit am Abend sind hier keine Arbeiter, sondern Studentinnen, Verkäuferinnen.

Auch sie fahren nach Hause, später als wir.

Ich betrachte sie, sie haben Lust, miteinander zu lachen, für den kleinen Rest des Tages fröhlich zu sein.

Sie lachen, werden von ihren Lachanfällen durchgeschüttelt, sie lachen so, wie ich gehe, trinke.

Ich berühre das Buch in der Tasche, das ist schon ein gutes Stück des Heimkommens, ich lasse es wieder los, es ist meine Genesung in den kommenden Tagen.

Ich berühre die Stelle, durch die die Kugel gekommen ist, ohne mich mitzunehmen.

Die Mädchen schicken sich an auszusteigen, ich folge als Letzter.

Auf dem Bürgersteig hebe ich die Nase zum Himmel und rieche den Geruch meines getrockneten Blutes.

Es gibt Abende, an denen der Himmel ein Ei ist, und man kann es von innen betrachten.

Ein Stoß Mistral bringt Rost und Salzgeruch, das Eisen wird hier krank, das Basilikum dagegen lebt kampflustig auf.

Vom Balkon her rieche ich seinen Willkommensgruß.

Ich decke etwas auf den Tisch, lösche das Licht, setze mich.

Ich kaue im Dunkeln, nehme auf, lausche, schlucke.

Der Abend ist klar, ohne Mond. Meine Finger duften nach Petersilie und Knoblauch, vom Brot tropft mir ein wenig Öl in die Handfläche, und ich bin froh, damit beschmiert zu sein und nicht mit Blut.

Ich wische mir mit dem Handrücken über die Stirn, um den Tag auszulöschen.

Ich bin nicht unschuldig, nicht das ist die Erleichterung, sondern nur jene physische einer Monatsblutung aus der Nase.

Ein anderer Mann nimmt meine Stelle als Mörder ein, ohne die Schuld von mir zu nehmen, denn nur die Geste nimmt sie fort. In seinem Arm sitzt jetzt die Wiederholung des tödlichen Streiches, den er einer Kehle versetzt hat.

Und sein Arm spannt sich an, um diese Geste immer wieder in der Luft auszuführen, bis sie zu einer bloßen Andeutung wird.

Ein Athlet bereitet seine Übung mit vielen Proben vor, um zu trainieren. Ein Mörder wiederholt nach der Tat in seinen Nervensträngen die tödliche Bewegung bis zur völligen Erschöpfung, als eine Art umgekehrtes Training, damit er sie loswird.

Ich weiß, dass er sein Messer mitnimmt, um damit weiter Brot zu schneiden, Blumensträuße zu machen, eine Frucht zu zerteilen.

Wer die Dinge liebt und weiß, wie viel es wert ist, sie zu benutzen, lässt sie nicht nach einem letzten verfluchten Gebrauch liegen.

Im Dunkel der Küche stirbt mein zweites Pferd.

An einem einzigen Tag wandern die Menschen eines Jahres aus, kein »Halt mich fest« mehr und keine Olivenkerne.

Ich bleibe, und wenigstens heute Abend rühre ich nicht an ihr Fehlen.

Ich schlafe auf dem Tisch ein, wache kurz vor Tagesanbruch auf.

Ich muss mich in den Tagen mit geschlossenem Mund wieder häuslich einrichten.

Ich nehme das an der umgeknickten Seite stehen gebliebene Buch, überlasse mich wieder seinem Gang, dem Atem eines anderen, der erzählt. Wenn auch ich ein anderer bin, dann deshalb, weil Bücher Menschen mehr verändern als Jahre und Reisen.

Nach vielen Seiten lernt man schließlich eine Variante kennen, einen anderen Schritt als den, den man selbst gegangen ist und für unvermeidlich gehalten hat.

Ich befreie mich von dem, der ich bin, wenn ich lerne, ein und dasselbe Leben auf andere Weise zu behandeln.

Ich rasiere mir das nasse Gesicht bei wenig Licht, und das Rasiermesser probiert aus einer anderen Richtung, über die Haut zu fahren.

Ich stecke das Buch in die Innentasche der Jacke, rücke es mir von innen auf der Brust gerade. An der alten Stelle, wo die Waffe war, ist jetzt das ganz andere.